Nico Mateew

Die Seele Albaniens als Quelle des Lebens

Nico Mateew

Die Seele Albaniens als Quelle des Lebens

2023

Für Luca, Raja und Nora

TWENTYSIX
Eine Marke der Books on Demand GmbH
© 2023, Nico Mateew
Herstellung und Verlag:
BoD – Books on Demand, Norderstedt

Alle Rechte liegen beim Autor.
Vervielfältigungen von Text, auch auszugsweise, sind nur
mit Genehmigung des Autors gestattet.

Lektorat: Monika Rohde, Leipzig
Umschlaggestaltung: Iveta Cholakova, graphic design, Leipzig
Layout: Verlagsservice Monika Rohde, Leipzig

ISBN: 9783740730703

Inhalt

Vorwort	7
Einleitung	9
Timing	14
Was sollte man über Albanien wissen?	18
Es geht los	22
Unser erster Drehtermin	30
Die Farm von Egzon	37
Fundim im Boutique Hotel	42
Ein Besuch im Kindergarten Nr. 34	51
Leutrim	60
Kochschule	62
Auf dem Weg nach Berat	66
Grab mit Seeblick	67
Berat – Stadt der 1000 Fenster	71
Kuchen an der Tankstelle	82
Zamir	84
Das Galadinner	91
Buntes Tirana	98
Erion und sein kleines feines Restaurant	99
Lake Koman	105
Das Bunker Hotel	116
Hashims Welt	119
Lange Fahrt zurück nach Tirana	125
Chef Avni aus Vlora	129
Polizeikontrolle	141
Kochen mit Großmutter Domenika	146
Nachwort	153

Vorwort

„Der Sinn des Lebens ist es, unsere Gabe zu finden. Das Ziel des Lebens ist es, sie zu schenken." Pablo Picasso

Was nun, wenn man seine Gabe, Berufung oder wie auch immer man es bezeichnet, auch nach Jahren der Arbeit noch nicht finden konnte und somit auch nichts verschenken kann? Orientiert man sich langsam um, zieht man die Notbremse, macht man sich erst einmal auf die Suche nach sich selbst oder akzeptiert man ein Weiterso einfach als Lauf des Lebens? Loslassen und leben wäre vielleicht auch eine Alternative, wenn es die Lebensumstände und der Mut zulassen.

In der gefühlten Mitte des Berufslebens und in familiärer Verantwortung verschmelzen jugendliche Vorstellungen vom Leben, von Realitäten, Wünschen nach Veränderungen und Ratlosigkeit oft lähmend ineinander, sodass sich daraus keine konkreten Ideen für Veränderungen oder notwendige mutige Schritte ergeben.

Manchmal braucht es dann Schlüsselmomente, die einem eine Brücke bauen zu vielleicht verrückten und unvorstellbaren Ufern. Zum Beispiel die Idee, im Dezember einen Film über die Seele Albaniens zu drehen, ohne große Vorkenntnisse und in nur zwei Wochen.

Einleitung

Auf meinen vielen Reisen ins Ausland haben mich immer die Geschichten hinter den Menschen, was sie im Leben bewegt und wie sie das Leben meistern, interessiert, da das auch meinen eigenen Horizont erweitern konnte. Es waren die Momente am Tisch mit Fremden, die mir fehlten. Bei meinen dienstlichen Reisen hatte ich oft den Wunsch gehabt, mehr Zeit in den Ländern verbringen zu können. Am Ende blieb es meistens nur bei den intensiven Gesprächen mit den Taxi-Fahrern und der Hoffnung, dass die Fahrt sich noch etwas ziehen würde, um die Gespräche nicht abreißen zu lassen.

Besonders faszinierten mich kleine Länder, die weniger bekannt und meist aus Unwissenheit mit negativen Vorurteilen versehen waren. Kleine, von großen Ländern umgebene Länder hatten oft zu den größeren Nachbarländern nicht die besten Beziehungen, standen sich aber kulturell und kulinarisch sehr nah. Unterschieden sich die großen Nachbarländer voneinander, wirkten die unterschiedlichen kulturellen und kulinarischen Einflüsse auf das kleine Land wie unterschiedliche Kräfte auf einen Rohdiamanten.

Warum also nicht in diese Länder und Kulturen eintauchen und sich auf die Suche der Seele dieser Länder und deren Menschen begeben?

In unserer digitalen Welt fühlt sich die Welt klein an, als gäbe es nichts mehr zu entdecken, aber es gibt immer noch unentdeckte Länder und Kulturen, von denen wir wenig oder nichts wissen.

Spontan fiel mir das Land Albanien ein. Jahrelang eines der geschlossensten Länder der Welt, heute noch wenig bereist, aus Sorgen vor dem Image der kriminellen Albaner im Ausland. Ein kleines Land an der Küste mit verschiedenen Klimazonen und vielfältiger Natur.

Aber was macht man allein in Albanien auf der Suche nach der Seele des Landes und deren Menschen? Sich tagelang von möglichst verschiedenen Taxifahrern durch das Land fahren lassen und sich mit ihnen unterhalten? Vom Prinzip her keine so schlechte Idee, zumal es mich an einen iranischen Dokumentarfilm erinnerte, in dem ein Taxifahrer begleitet wurde und man seine Gedanken als Spiegel der Geschehnisse im Iran aufnahm.

So kam ich auf die Idee, einen Film über Albanien zu erstellen. Ich definierte es als „Die Suche nach der Seele eines Landes, über die Küchen und deren Menschen". Eine unterhaltsame persönliche Reise in einer Mischung aus Roadtrip, verrückten Fakten, touristischen Highlights, der einfachen Küche des Landes und vor allem getragen von starken Interviews und der Weisheit der Menschen vor Ort, von denen man noch etwas lernen konnte. Ziel sollte es sein, das Publikum auf eine unbeschwerte Entdeckungsreise mitzunehmen, als ob man das Land selbst entdecken würde.

Konnte ich die Reise und den Film allein durchführen? Nein. Daher prüfte ich die Möglichkeit mit verschiedenen kleineren Filmproduktionsfirmen, ob sie mir ein Mini-Team mit der nötigen Ausrüstung zur Seite stellen könnten. Leider scheiterte es, weil viele dieser Firmen erst in ein paar Monaten Ressourcen zur Verfügung stellen konnten oder weil die Firmen mit freien Ressourcen vorab ein detailliertes Drehbuch sehen wollten, das ich nicht hatte. Ich versuchte ihnen meinen Ansatz zu erklären, dass mein Drehbuch aus vorab gesetzten Orten, Treffen mit Menschen und einem Set von Grundfragen für die Interviews bestand. Das wurde als nicht ausreichende Vorbereitung anerkannt. Ohne detailliertes Drehbuch gäbe es kein Team. Es war wie an einem Grenzübergang, ohne Visum keine Einreise.

Durch einen Bekannten erfuhr ich von zwei Personen, die sich vermeintlich mit Filmproduktionen auskannten und aktuell als freischaffende Künstler aktiv und offen für Neues waren. Beide waren somit meine letzte Rettung.

Nummer eins war Steve Sherman, ein Amerikaner, von dem man sagte, dass er aus dem Umfeld der New Yorker Dokumentarfilm-Szene stammte, und nach Deutschland gekommen sei, um hier neue Inspirationen zu suchen. Das klang sehr gut. Steves Leben startete aber nicht in New York, sondern im Rust Belt (Rostgürtel), früher Manufacturing Belt, eines der ältesten, größten und heute abgehängten Industrieregionen der USA, genau genommen aus Cleveland.

Was ihn nach Deutschland führte, konnte ich nicht genau nachvollziehen. Es war wohl eine Mischung aus dem beruflichen Scheitern in New York, was in den USA positiverweise nie als etwas Schlechtes angesehen wird, und dem Klassiker, der Liebe zu einer deutschen Frau. Er kam aus einer klassischen Arbeiterfamilie. Sein Urgroßvater war ein deutscher Auswanderer, der es trotz unermüdlicher Arbeit nicht schaffte, aus der Legende vom Land der unbegrenzten Möglichkeiten finanzielle Reichtümer zu erschaffen. Steve kennenzulernen war ein Riesenglück für mein Abenteuer.

Ein Amerikaner aus der Filmszene, aus New York kommend, das bringt an sich schon einen gewissen Glamour mit sich.

Er hatte viele südamerikanische Länder mit dem Rucksack und nur sehr limitierten finanziellen Mitteln bereist. In einem postkommunistischen Land, außer dem Osten Deutschlands, war er jedoch noch nie. Es reizte ihn daher sehr. Aber trotz seiner großen Abenteuerlust und amerikanischen Unerschrockenheit, hatte er doch etwas Respekt vor einer Reise in postkommunistisches Territorium. Warum, konnte er sich nicht erklären, wahrscheinlich saßen ihm noch die amerikanischen Filme mit Bösewichten aus kommunistischen Ländern tief im Unterbewusstsein. Wichtig war für mich, dass er Erfahrungen im Dreh von Dokumentarfilmen hatte, mit der Kamera umgehen konnte und als Mensch aufgeschlossen und neugierig wirkte. Für Steve war es ein interessantes Projekt, da er es auch als berufliche Chance sah.

Nummer zwei war Chang. Von ihm wusste ich wenig, nur dass er ein Chinese war, der hier seinen Master-Studiengang in was auch immer absolvierte, und bereits Assistenzerfahrungen bei kleineren Filmproduktionen hatte. Changs Heimat war Baoding, eine Stadt in China mit mehr als zwei Millionen Einwohnern. So, wie ich eine Dokumentation über kleine und kaum bekannte Länder plante, hätte ich auch eine Dokumentation über unbekannte Städte mit mehr als zwei Millionen Einwohnern machen können. Ob es so spannend und aufregend wäre, weiß ich nicht, aber reizen würde es mich schon, vielleicht als nächstes Projekt.

Changs bisheriges Leben bestand darin, alles richtig gemacht zu haben und zu versuchen, in dem, was man tut, immer der Beste zu sein. Nicht aus Spaß, sondern aus einer gewissen Überlebensnotwendigkeit heraus, denn nur die besten im Kindergarten kommen in eine bessere Grundschule, die besten der Grundschule in eine bessere fortführende Schule und immer so weiter. Er beschrieb diese grausame Notwendigkeit einmal damit, dass er sich wie eine Käsepackung in einem Supermarkt fühle. Wenn er keine Leistung bringe, die Käsepackung nicht für das Konsumentenauge in erster Reihe glänze, ist die Packung weg aus dem Regal und die nächste Packung schiebt sich automatisch und ohne Zeitverzug nach. Seine Eltern entstammten einer armen Bauernfamilie und starteten ihr Unternehmen mit dem Handel von Gemüse und Textilien. Sie entwickelten es immer weiter, sodass später noch der Handel mit elektronischen Produkten hinzukam und sie heute ebenfalls ein Handels- und Service-Unternehmen für Medizintechnik besitzen, womit sie sich einen erheblichen Reichtum aufbauen konnten.

Chang war aufgeschlossen und neugierig, die Welt mit anderen Augen zu sehen und zu verstehen, da er bisher in einer Art Glocke groß geworden war, ohne jemals anderen Kulturen oder alternativen Lebenswegen zu begegnen. Für ihn war es aber auch DIE Chance, noch etwas länger an der frischen Luft zu bleiben und sogar noch andere Luft zu atmen, bevor er wieder in sein Gewächshaus nach China gehen musste, wie er es selbst formulierte.

Timing

Für uns drei ergab sich nur ein mögliches Zeitfenster für diese Reise nach Albanien: die zweite und dritte Woche im Dezember, was mich etwas beunruhigte, da die meisten mir bekannten Dokumentarfilme über Länder, deren Menschen, Natur und Kulinarik in der warmen und sonnigen Jahreszeit gedreht wurden, um dadurch gratis eine angenehm verträumte Grundstimmung in den Film zu bekommen. In meiner Vorstellung war Albanien durch seine jahrelange Eingeschlossenheit und Armut bereits grau und düster genug.

Jetzt käme noch das Wetter im Dezember hinzu. Eigentlich die schlechtestmöglichste Voraussetzung für einen Filmdreh in Albanien, zumal es unser Anspruch war, durch diese aufklärende Reise mehr Menschen die Augen und Herzen für Albanien zu öffnen, damit sie sich selbst eines Tages auf den Weg dorthin machen. Aber ein anderes Zeitfenster gab es eben nicht.

Für die zu besuchenden Menschen und Orte in Albanien hatte ich mir vorab als Grundkonstrukt überlegt, welches dem Motto der Reise gerecht werden sollte: *„Die Suche nach der Seele eines Landes, über deren Küche und Menschen."*

Die Menschen vor Ort sollten ihr Land über die Küche und in Gesprächen mit uns vorstellen. Um am Ende ein realistisches Abbild der Gesellschaft zu bekommen, wollten wir unterschiedliche Menschen an unterschiedlichen Orten in Albanien treffen, von der Köchin zu Hause über die Köchin im Kindergarten bis hin zu einem prominenten Koch und vielen mehr dazwischen.

Dazu hatte ich mir einige wiederkehrende Fragen ausgedacht. Fragen wie:
- *Wie wünschen Sie sich, dass Albanien außerhalb Albaniens gesehen wird?*
- *Was sind Ihre Ziele und Träume im Leben?*
- *Was verdienen Sie?*
- *Wie hoch ist oder wird Ihre Rente sein?*
- *Was bedeutet Arbeit für Sie?*
- *Was ist das Wichtigste in Ihrem Leben?*
- *Was möchten Sie in Ihrem Leben verändern?*
- *Was sind Ihre größten Probleme, und wie gehen Sie damit um?*
- *Was tun Sie, wenn Sie sich etwas Besonderes gönnen wollen?*
- *Was würden Sie tun, wenn Sie sich ein Jahr lang nicht um Ihr Einkommen sorgen müssten?*
- *Was macht Sie glücklich?*
- *Welche Zutaten, Rezepte und Kochtechniken spiegeln die Seele des Albaners am besten wider?*

Neben der nicht optimalen Jahreszeit für den Dreh gab es noch eine weitere große Herausforderung. Wie organisiert man in der Kürze der Zeit das Setting vor Ort in Albanien? Die einzige Möglichkeit war, einen lokalen Reiseführer zu engagieren. Dank vieler Präsentations- und Bewertungsmöglichkeiten im Internet konnte ich den Kreis potenzieller Kandidaten recht gut eingrenzen, sodass fünf mögliche Personen blieben, denen man die Organisation der einzelnen Stationen zutrauen konnte. Obwohl sich im Dezember nur wenige Touristen nach Albanien verirren, die den Reiseführern Arbeit generieren, sind vier Wochen Vorbereitungszeit auch für sie eine Herausforderung. Von den fünf potenziellen Reiseführern antworteten nur zwei auf meine Nachfrage. Der erste sah eine Chance für so eine Tour in ungefähr drei Monaten und der zweite, namens Jetmir – *was auf Albanisch Gutes Leben bedeutet* –, traute es sich zu, alles bis Mitte Dezember zu organisieren.

Im ersten Moment freute ich mich über seine Zusage, ohne die wir das Projekt nicht hätten starten können. Was mich jedoch stutzig machte, war Jetmirs lockere und prompte Zusage, begleitet von den Worten: „Es wird ein bisschen schwierig, aber im Grunde sollte es machbar sein." Das klang nach hopp oder top, alles oder nichts, schwarz oder rot, aber kein Platz für irgendetwas dazwischen. Entweder war Jetmir wirklich so gut, und somit auch ein wirklicher cooler Typ, oder das Gegenteil davon, ein cooler Typ, aber einer, der es nicht schafft, alles für uns zu organisieren. Als mich meine beiden Begleiter drei Tage später nach dem Stand der Vorbereitungen vor Ort in Albanien fragten und wie gut ich Jetmir kenne, bestätige ich ihnen, dass ich Jetmir gut kennen würde. Lügen musste ich nicht. Ich kannte Jetmir ja nun bereits zehn Tage.

Ein paar Tage später sendete mir Jetmir eine perfekt ausgearbeitete Liste als Übersicht, wann und wo wir wen treffen werden, inklusive der Erläuterung, was wir kochen werden und wo die Schwerpunkte liegen. Darüber war ich sehr überrascht. Die Liste und die gesamte Ausarbeitung standen in ihrer Qualität einer Projektvorstellung bei mir im Chemieunternehmen in nichts nach. Anstatt sich darüber zu freuen, kamen mir jedoch noch mehr Zweifel, ob Jetmir das nicht nur alles aus dem Hut zauberte, um die Anzahlung zu erhalten und dann abzutauchen. Warum aber kamen mir solche Gedanken? Ich weiß es nicht, es hatte nichts mehr mit gesunder Skepsis zu tun, es war einfach ein Misstrauen Fremden gegenüber, obwohl der Dokumentarfilm ja Vorurteile aus der Welt schaffen sollte. Später schämte ich mich dieser Gedanken. Am Ende der Reise sagte Jetmir: „Die Gedanken sind frei, und derjenige, der kompliziert denkt, ist ein Problem für sich selbst, andere wissen ja nicht, dass man schlecht über einen denkt." Wie recht er doch eigentlich hatte.

Trotz aller Abenteuerlust hatten Steve und Chang noch eine generelle und ich eine organisatorische Frage vorab an Jetmir: „Gibt es wirklich so viele kriminelle Albaner, und wie kommen wir am besten nach Albanien?" Jetmirs Antwort lautete: „Ja, es gibt sie, die kriminellen Albaner, aber die sind schon alle in Deutschland bei euch, da Albanien ein armes und für Räuber unattraktives Land ist." Und wie sollten wir nach Albanien reisen? Am besten mit einem One- way-Flugticket und dem Auto zurück, empfahl Jetmir. Wie bitte? Ja, hin mit dem Flieger, und zurück mit einem durch Albaner in Deutschland geklauten und sich nun in Albanien befindlichen deutschen Auto. Trotz ihres Humors und Weltoffenheit konnten meine beiden Begleiter irgendwie nicht darüber lachen. Sie beruhigte nur, dass ich behauptete, Jetmir gut zu kennen. Glaube kann eben Berge versetzen.

Was sollte man über Albanien wissen?

Da unser Dokumentarfilm die Seele des Landes über die Küchen und deren Menschen entdecken wollte, blieb uns eine tiefgehende historische und politische Analyse und Vorstellung des Landes erspart. Trotzdem lasen wir natürlich vorab alles Mögliche über Albanien, um wenigstens etwas informiert zu sein. Den Rest der Wissenslücken sollten ja die Art unseres Formates und die zu interviewenden Personen ausgleichen.

Reisende, die noch nie im Land waren, denken oft über Albanien, dass es sich um ein jahrelang verschlossenes, armes und kriminelles Land handelt. Reisende, die schon einmal dort waren, schwärmen in höchsten Tönen von diesem Land und sind darüber hinaus sehr glücklich, es in diesem noch fast unberührten Zustand entdeckt und erlebt zu haben.

Wikipedia schreibt über Albanien:

Albanien ist ein Staat in Südosteuropa auf der Balkanhalbinsel. Das Staatsgebiet grenzt im Norden an Montenegro und den Kosovo, im Osten an Nordmazedonien und im Süden an Griechenland. Die natürliche Westgrenze wird durch die Küsten des Adriatischen und des Ionischen Meeres gebildet, womit das Land zu den Anrainerstaaten des Mittelmeeres zählt. Die Hauptstadt und gleichzeitig größte Stadt des Landes ist Tirana.

Albanien ist eine demokratisch verfasste parlamentarische Republik. Nach dem von den Vereinten Nationen erhobenen Index der menschlichen Entwicklung zählt Albanien zu den hoch entwickelten Staaten der Erde.{6} Seit dem Ende des Kommunismus wurden bedeutende Schritte zur Verbesserung der wirtschaftlichen und so-

zialen Lage erreicht. Trotz aller Fortschritte war Albanien im Jahr 2017 noch immer eines der ärmsten Länder Europas. Durch Drogenanbau und -schmuggel werden jedoch bedeutende Einnahmen generiert und das Land galt Anfang 2019 als Hauptlieferant für bestimmte Drogen in die Europäische Union.

Mit seiner Fläche von 28.748 Quadratkilometern ist Albanien etwas kleiner als Belgien und hat mit 2,8 Millionen etwas mehr Einwohner als Schleswig-Holstein.

Albaniens Küste an der Adria und am Ionischen Meer ist 362 Kilometer lang. An der engsten Stelle der Adria – der Straße von Otranto – ist sie nur 73 Kilometer von Italien entfernt, beim Ort Ksamil nur zwei Kilometer von der griechischen Insel Korfu. An der Küste gibt es unzählige natürliche Sand- und Kiesstrände.

Im Norden des Staates befinden sich die Nordalbanischen Alpen, die zu den Dinariden gehören. Höchster Berg Albaniens ist der hohe Korab, 2764 m ü. A. ...

In Albanien herrscht ein subtropisch-mediterranes Mittelmeerklima.

Das Land liegt in einer artenreichen Region, die vor allem viele Pflanzenarten aufweist. Die albanische Flora zählt über 3221 Arten. Davon sind 489 auf der Balkanhalbinsel endemisch, und 40 Arten kommen nur in Albanien vor. In den Niederungen wachsen Palmen, Orangen- und Zitronenbäume. Die tief in das Bergland eingegrabenen Flusstäler sind von Walnuss- und Mandelbäumen gesäumt.

Besonders Eichenwälder sind typisch und bilden ein Fünftel der albanischen Wälder. Im wärmeren Süden und in den Küstenebenen wachsen vor allem Pinien, Linden und Olivenbäume. Macchie sind bis auf eine Höhe von 800 m ü. A. verbreitet neben Eukalyptus-, Feigen- und Lorbeerbäumen.{18}

In den abgelegenen Berggebieten leben Wölfe und Braunbären, die letzten der stark gefährdeten Balkanluchse und Füchse; Hirsche, verwilderte Hausziegen und Wildschweine sind ebenfalls verbreitet. In Albanien gibt es 14 Nationalparks, die rund 6,9 % des Staatsgebiets abdecken

Nach einer Volkszählung hatte Albanien 2014: 2.800.138 Einwohner. Das Innenministerium erklärte im Dezember 2015, dass mehr als 4,4 Millionen Personen in den Zivilstandsregistern Albaniens registriert seien. Davon lebe aber ein sehr großer Teil im Ausland

So hatten die Albaner vor 1990 die höchste Geburtenrate Europas (Verhütungsmittel waren verboten).

Laut der 1998 angenommenen Verfassung betrachtet sich der Staat Albanien heute als „laizistische Republik". Die Volkszählung von 2011 ermittelte folgende Religionszugehörigkeiten: 56,70 % muslimisch, davon 2,09 % Bektaschi. Die 16,92 % der Christen teilten sich auf in: 10,03 % römisch-katholisch, 6,75 % albanisch-orthodox und 0,14 % protestantisch/evangelikal. 13,79 % der Bevölkerung gaben keine Antwort, 5,49 % waren Gläubige, die sich keiner Glaubensgemeinschaft zuordnen und 2,5 % waren atheistisch.{2}

Am 13. November 1967 erklärten die Kommunisten Albanien zum „atheistischen Staat" und verboten jegliche Religionsausübung.{65} Im Dezember 1990 wurde das Religionsverbot aufgehoben. (https://de.wikipedia.org/wiki/Albanien {2.12.2020})

Chang beeindruckte am meisten, dass Albanien nur 2,8 Millionen Einwohner hat, also ungefähr so viel wie seine Heimatstadt. Er fragte sich, ob dieses kleine Land auch in allen Ländern dieser Welt eine Botschaft unterhält, und überhaupt, wie riesig doch der Anteil an verwaltungstechnischen Ausgaben pro Kopf sein muss.

Neben dieser grundlegenden Einordnung Albaniens erfuhren wir aus unserer Lektüre vorab noch folgende interessante Fakten:

Das Nicken mit dem Kopf bedeute Nein und das Schütteln Ja. Warum das so ist, weiß keiner. Aber es hat einen angenehmen rebellischen Ansatz in sich, finde ich.

In Albanien findet man Olivenöl, Salz und Trüffel. Der Weinanbau hat eine lange Geschichte und mag während der Eiszeit einer der wenigen Rückzugsräume der Rebe gewesen sein. Schon in vorrömischer Zeit und vor der griechischen Kolonisation wurde hier Wein gekeltert. Die Illyrer produzierten hier während der etruskisch-illyrischen Kultur bereits im 8. Jahrhundert vor Christi Wein.

Nach Angaben der Nationalen Agentur für natürliche Ressourcen gibt es in Albanien etwa 400 Millionen Tonnen Ölreserven. Mit einer Kapazität von 7,7 Millionen Barrel pro Jahr ist dieses Ölvorkommen das größte in Europa. Dennoch ist Albanien heute der weltgrößte Produzent von Wasserkraft. 100 % der Energie des Landes stammt aus Wasserkraft.

Auf die Bevölkerungszahl gerechnet hat Albanien weltweit die meisten Mercedes-Pkws, es ist führend in der Anzahl der Autowaschanlagen und der Anzahl von ehemaligen militärischen Bunkern. In Albanien gibt es drei offizielle Weltkulturerbestätten.

Darüber hinaus gibt es noch unzählige weitere Fakten, die Albanien ausmachen. In Summe kann man sagen: Albanien ist ein kleines Land, das alles hat und viele Überraschungen bietet.

Es geht los

Dienstlich musste ich in der Vergangenheit sehr oft reisen, sodass Flughäfen für mich, mit all ihren Abläufen, Routine sind.

Das Unangenehme an Flugreisen war für mich immer, dass sich das Verhalten karriereorientierter Geschäftsreisender auch außerhalb ihres eigenen Büro-Territoriums fortsetzte und sich am Flughafen zum Laufsteg der Eitelkeiten steigerte. Der sich bedeutend fühlende Geschäftsmann schien immer im Glauben, dass anderen Personen am Flughafen seine Wichtigkeit entgehen könnte, sodass er sich noch mehr und ungenierter aufdrängen musste, durch Verhaltensmuster, für die man Kinder tadeln würde. Seine Grundstimmung? Wichtig, gestresst und der Außenwelt gegenüber genervt. Obwohl nie ein Flugzeug früher abfliegt, hat der Manager meistens den Drang, als Erster einzusteigen.

Heute und hier auf anderer Mission als einer regulären Dienstreise betrachtete ich das Geschehen rund um diese regulären Geschäftsreisenden mit einem Lächeln und viel Abstand.

Im Flieger saßen wir in der letzten Reihe neben einem jungen Mann, der von zwei Polizisten ins Flugzeug begleitet wurde. Nein, es war kein VIP, es war ein aus Deutschland abgeschobener Mann. Die Polizisten wiesen mich in die Situation ein und erklärten, dass er nach der Ankunft von den dortigen Polizisten übernommen wird. Wir sollten doch während des Fluges immer mal ein Auge auf ihn werfen. Im ersten Moment beruhigte das nicht. Meine beiden

Begleiter bekamen von unserem Gespräch nichts mit und ich wollte sie nicht unnötig beunruhigen. Zwei Minuten nach dem Start waren sie bereits durch den jungen Mann namens Edy – *was auf Albanisch Schatzmeister bedeutet* –, selbst und vollständig über den Grund seiner Reise informiert. Während Steve sich durch seine Rust-Belt-Jugend in Cleveland von Edys krimineller Vergangenheit wenig beeindruckt zeigte, interessierte es Chang so sehr, dass Edy den zweistündigen Flug nicht über Einsamkeit oder Desinteresse seiner Mitmenschen klagen konnte. Die beiden verstanden sich sehr gut, waren gleichen Alters, hatten beide eine kleine Schwester, für die sie sich verantwortlich fühlten, und einen Vater, der aus beruflichen Gründen nur sehr selten zu Hause war und dadurch nie richtig Zeit für seine Kinder hatte.

Im Fall von Edys Vater standen hinter den beruflichen Gründen eine Gangsterkarriere in England, und im Fall von Changs Vater das hundertprozentige Eingebundensein in sein Unternehmen. Auf den ersten Blick könnte Changs Vater die ehrenwertere Person darstellen, aber am Ende des Tages waren beide nicht für ihre Söhne da, und ob Changs Vater in seiner Position faktisch und moralisch immer das Richtige tat, ist nicht bekannt. So schienen beide die stille Sehnsucht nach ihren Vätern und die Sorge um ihre jüngeren Schwestern zu einen. Zu trennen, oder besser gesagt zu unterscheiden waren sie in materiellen Dingen und in ihren Bildungswegen. Edys schulische Karriere endete, warum auch immer, bereits nach der sechsten Klasse.

Äußerlich machte Edy an diesem Tag einen besseren Eindruck als Chang. Für seine Zwangsrückreise nach Albanien und somit seinen ersten Flug im Leben überhaupt hatte Edy sich alle Mühe gegeben, ordentlich gekleidet zu sein. Chang hingegen hatte sich aus Vorsicht und Angst, vielleicht als wohlhabender Ausländer in Albanien aufzufallen und ausgeraubt zu werden, für ein Understatement oder besser gesagt für Sachen, die er zu Hause nie angezogen hätte, entschieden. Ich beobachtete die beiden während des Fluges und belauschte ihre Gespräche, in denen es um Familie, verpasste Chancen, Träume, Verantwortung und Zukunft ging. Ohne die Hintergründe beider zu kennen, waren es zwei sich sehr ähnelnde lebensfrohe und sympathische junge Männer mit vielen Gemeinsamkeiten, aber auch sehr vielen Unterschieden, wobei diese nicht von ihnen als Menschen ausgingen, sondern von dem, was ihnen ihr Umfeld zur Verfügung stellte.

Trotz aller Offenheit hatte Edy so etwas wie Schamgefühl. In Albanien hätte er nicht gestohlen wie in Deutschland. In Albanien wäre es ihm aus Respekt seinen Mitmenschen und der Gemeinschaft gegenüber, aber vor allem aus Angst des Ehrverlustes seiner Familie, nicht in den Sinn gekommen zu stehlen. Warum galten für ihn diese Argumente nicht in Deutschland, fragte Chang nach. Hier hatte ich das Gefühl, dass es ihm schwerfiel, eine klare Antwort zu finden, da er weit ausholte und verschiedene Dinge miteinander vermischte. Aus dem Bauch heraus hätte man es so zusammenfassen können, dass er in Deutschland anonym und im Schatten seiner eigenen Argumente handelte, und hier auch auf wenig staatliche und gesellschaftliche Widerstände traf. Ganz verstanden und überzeugt hat es mich nicht, da es eine bewusste Entscheidung von ihm war, und er auch, wie er uns erzählte, in Deutschland hätte arbeiten gehen können. Aber es war nicht meine Aufgabe, Edy und seine Beweggründe zu analysieren, geschweige denn, darüber zu urteilen.

Aufgewachsen in einer härteren Welt und durchgeboxt bis hin zu einem erfolgreichen Unternehmer erschien Changs Vater sein eigener Sohn als verwöhnt, verunsichert und verweichlicht. Chang hingegen konnte den Weg seines Vaters nur in Worten folgen, sich jedoch nie wirklich in diese taffe Welt hineinversetzen, da er in einer anderen Zeit und Umgebung aufgewachsen ist. So weit wie Changs Kindheit sich von der Kindheit und dem Weg seines Vaters unterschieden, genauso weit schienen sich die Gedanken und Gefühle Changs und seines Vaters auseinanderzuliegen. Hier und heute im Flieger bei dem Gespräch mit Edy schien Chang seinem Vater als Mensch erstmals nahe gekommen zu sein. Er war noch lange sehr berührt von der Begegnung, was ihn dazu bewegte, am Abend einen Brief an seinen Vater zu schreiben. Es war der erste Brief überhaupt von Chang an seinen Vater.

Während des Landeanflugs auf den Flughafen von Tirana suchte ich aus dem Fenster blickend das düstere Albanien. Finden konnte ich es nicht. Nicht einmal die Grenze zu Montenegro, Nordmazedonien oder Griechenland. Ich sah nur Berge, Meer und die Sonne, so als seien wir im Anflug auf ein Urlaubsland, in dem man noch nie gewesen war.

Am Zollschalter begrüßte uns eine albanische Zollbeamtin mit einem Lächeln. Bisher war ich immer davon ausgegangen, dass Zollbeamte berufsbedingt ernst blicken mussten, es Teil ihrer Aufgabe sei, keine Freundlichkeit oder gar Menschlichkeit zu zeigen. Die albanische Zollbeamtin hingegen schien davon noch nie etwas gehört zu haben. Sie begrüßte uns wie eine Empfangsdame in einem luxuriösen Hotel. „Guten Tag, herzlich willkommen in Albanien, was führt Sie ins Land?" Ich entgegnete: „Wir planen eine Dokumentation über Albanien und deren Menschen." Sie lächelte und dankte uns: „Danke, dass Sie sich die Zeit und Mühe nehmen, unser Land und unsere Menschen zu besuchen."

So weit schien alles gut und sogar besser als erwartet zu laufen. Wenn da nicht wieder meine Sorge gewesen wäre, dass doch noch etwas schiefgehen könnte. Meine Gedanken kreisten. Wird Jetmir am Ausgang sein oder war ich zu naiv? Ist Jetmir der eine Kriminelle in Albanien, der noch nicht im Ausland weilt? Hat er unsere Anzahlung genommen und ist dann abgehauen? Wenn er jetzt nicht kommt, was machen wir dann? Aber nein, kaum traten wir aus dem Flughafengebäude, war Jetmir da und begrüßte uns mit einem freundlichen Lächeln. Nun konnte unser Abenteuer starten.

Jetmir war ein typischer Albaner: freundlich, hart arbeitend, Katholik und verheiratet mit einer Muslima. Wir fragten Jetmir später, als wir uns schon besser kannten, ob er als Katholik eine muslimische Frau haben kann. Er sagte nur, *ja, Love is in the air.*

Auf dem Weg vom Flughafen in die Stadt bekamen wir einen ersten Eindruck von der Mentalität der Albaner. Der Verkehr war so, wie ich ihn aus Indien kannte, ohne Regeln. Jedoch mit einem wesentlichen Unterschied, hier hupte keiner, keiner regte sich auf und jeder verließ sich auf seine Intuition, um das Beste aus der Situation zu machen.

Jetmir fuhr auf einer dreispurigen Straße mit uns in die Stadt. Ich sah viele Autos, die mittig auf dem Begrenzungsstreifen fuhren, und fragte Jetmir danach. Er meinte nur: "Wahrscheinlich zur besseren Orientierung." Andere Fahrer benutzten hingegen die Markierungsstreifen wie vorgesehen. Wieder fragte ich, woraufhin er wieder nur meinte: "Wahrscheinlich zur besseren Orientierung." Sie sind tolerant hier, dachte ich. Jeder fährt so, wie er am besten klarkommt, keiner beschwert sich oder belehrt den anderen. Am ersten großen Kreisverkehr mit vier jeweils dreispurig einfließenden Straßen versuchte ich vergebens, ein System zu erkennen.

Niemand hupte oder beschwerte sich. In der Mitte des Kreisverkehrs kam der ohnehin schon sehr stockende Verkehr fast zum Erliegen, weil zwei Autos standen und die ausgestiegenen Fahrer sich unterhielten. Ich fragte Jetmir, warum sie das tun. Jetmir hielt einfach an, öffnete das Fenster und fragte nach. Die Antwort: Man hat sich sehr lange nicht gesehen und tausche sich kurz über das Wichtigste aus. Ich konnte nur mit dem Kopf schütteln.

Langsam näherten wir uns unserem Hotel im Zentrum Tiranas. Während der Fahrt bekamen wir einen ersten Eindruck von der Stadt. Tirana hat nur ca. 400.000 Einwohner und wirkt wie ein lebendiger Abdruck verschiedenster Epochen und Einflüsse. Historische Gebäude, kommunistische Mahnmale, postkommunistische Neubauten, triste alte Wohnblocks, von denen einige farbenfroh angestrichen waren, und viele mit Street-Art bemalte Flächen. Ein bunter Mix aus allem, was der Stadt in den letzten 100 Jahren widerfahren war.

Als europäische Hauptstadt hat Tirana, wie auch andere kleine osteuropäische Hauptstädte, durch die vielen Botschaften und internationalen Vertretungen einen gewissen internationalen Anstrich und Einfluss, dies aber immer noch eingebettet in den Charme einer kleineren Stadt. Die Menschen, die wir im Vorbeifahren beobachteten, wirkten auf mich sehr stolz. So als wüsste jeder, wo er hingehört und was seine Aufgabe sei. Obwohl Albanien kein reiches Land ist und das Leben in der Hauptstadt für die meisten Menschen sicherlich sehr teuer ist.

Mir fiel auf, dass alle Menschen, die wir sahen, sehr ordentlich gekleidet waren. Chang betrachtete sich mit Sorge. Als irgendwie doch vermögender Chinese, und aus Sorge, hier überfallen zu werden, hatte er sich bewusst extrem dezent gekleidet. Er wollte hier im „Armenhaus" Europas bloß nicht auffallen, daher hatte er für diese Reise nur Sachen mitgenommen, von denen ich den Eindruck hatte, Chang sei nackt in einen Altkleider-Container gesprungen und im Zufallsprinzip am Ende wieder bekleidet herausgekommen. Er wirkte leicht bedrückt, als er bemerkte, dass es ihm mit seiner Kleiderwahl zumindest hier in Tirana nicht nur gelungen war, seinen vermeintlichen Reichtum zu verbergen, sondern nun auch selbst fast das Potenzial hatte, im „Armenhaus" Europas bemitleidet zu werden.

Das Boutique Hotel war ein altes Haus aus den 1920-Jahren, eine dreigeschossige Villa mit einem großen Garten, der komplett mit einem Zelt überdacht als Wintergarten und Restaurant genutzt wurde. Dort spielte angenehme Musik und viele Leute gingen ein und aus. Die Situation erinnerte Chang und mich an einen lauen Sommerabend in einem noblen und trendigen Ausgehviertel von Singapur. Die Atmosphäre schien uns zum Verwechseln ähnlich, nur dass die Menschen hier ausgeglichener und überzeugender wirkten als in Singapur. Das war so ein Moment, der für Albanien und seine Menschen auf mich so charakteristisch schien, jeder kannte seine Rolle und lebte diese in seiner eigenen Eloquenz, egal ob arm oder reich. Auf mich wirkte es so, als würden sie den Moment im Hier und Jetzt genießen und alles andere wäre egal.

Vor unserem ersten Drehtermin am Abend blieben uns noch zwei Stunden zum Frischmachen und für einen ersten kurzen Spaziergang rund ums Hotel. Einige Minuten später trafen wir uns frisch geduscht vor dem Eingang des Hotels. Chang hatte vergebens versucht, in seinem Koffer etwas Passenderes zu finden, aber es blieb beim selbst auferlegten Outfit der Altkleidersammlung. Steve hatte keine Kleiderprobleme, er blieb sich seinem Stil, wie wahrscheinlich über die letzten Jahre, einfach treu. Chang war noch in Gedanken in Singapur an einem lauen Abend, obwohl es der 12. Dezember in Tirana war. Steve hingegen fühlte sich berufen, uns auf dem Weg zu dem großen Platz auf die Gefahren hinzuweisen, die uns möglicherweise begegnen könnten, da wir uns in einem muslimischen Land mit dunkler kommunistischer Vergangenheit befanden. Meine Gedanken lagen irgendwo zwischen denen der beiden.

Am Markt fielen uns vor allem eine Moschee, der Weihnachtsmarkt, ein Bunker und ein sehr großes kommunistisches Relief an einer Hauswand auf. Das Relief war riesig, mit kleinen bunten Mosaiken, die Arbeiter, Bauern, Kinder und Soldaten fröhlich auf den Betrachter zumarschierend darstellte. Musikalisch untermauert wurde die Szene anfangs durch sorglos klingende amerikanische Weihnachtsklassiker, die später noch ergänzt wurden durch die leidvoll klingenden Rufe des Muezzins vom Turm der Moschee. Die Vorfreude auf die Geburt Christi, die mahnenden Worte des Muezzins, die übergroßen Arbeiterfiguren auf dem Relief und der Kommerz in Form von bunten Fahrgeschäften auf dem Weihnachtsmarkt, all das konnte ich nur schwer einordnen, was mich wieder an den Verkehr hier erinnerte.

Aber warum versuchte ich auch immer alles einzuordnen? Doch nur, um damit selbst leichter umgehen und dann urteilen zu können. Die Leute hier sahen so aus, als würden sie den Moment genießen. Steve fühlte sich an seine Vorweihnachtszeit als Kind erinnert, wurde dann aber durch die Rufe des Muezzins in seiner kindlichen Erinnerung unterbrochen. Nur Chang schien das makaber anmutende Setting nicht zu verwirren, er kannte aus China dies verwirrende Gemisch von unterschiedlichem Entertainment.

Unser erster Drehtermin

Ganz oben auf meiner Wunschliste bei den Interviews stand die Begegnung mit einer typischen albanischen Familie, die wir zu Hause besuchen und mit der wir gemeinsam kochen und essen wollten. Geplant war – auch für das Amüsement unseres späteren Publikums –, dass wir in einem Taxi sitzen und mit dem Fahrer im Stau über sein Leben sprechen, bis er spontan auf die Idee kommt, uns einfach zu sich nach Hause einzuladen. Jetmir war das Drehbuch für dieses Setting wahrscheinlich zu kompliziert gewesen, auch wenn er es mir vorab im Kalendersetting mit dem Vermerk „Treffen von Qendrim und Besuch seiner Familie zu Hause" bestätigte.

Auf dem Weg zu Qendrim unterrichtete Jetmir uns jedoch, dass wir zu seinen Schwiegereltern unterwegs sind. Im ersten Moment verwirrte mich diese eigenständige Planänderung. Steve als echter Amerikaner meinte nur: „Lass es uns hinnehmen und das Beste daraus machen. Später können wir immer noch sehen, wie wir damit umgehen." Chang hingegen war fassungslos, dass Jetmir, der von uns bezahlte Tourguide, sich in die Prozesse einmischte und es sogar wagte, eigenständig und ohne Rücksprache mit mir Änderungen vorzunehmen. Er plädierte für den sofortigen Tausch des Tourguides. So etwas wäre vielleicht in China eine Option gewesen, aber nicht im Dezember in Albanien.

Jetmir spürte unseren Missmut über die Planänderung und beruhigte uns, dass sonst alles nach Plan laufe und sich außer dem Wegfall der Taxi-Szene nichts ändern würde. Die ganze Änderung schien für albanische Verhältnisse nur eine Lappalie, wenn überhaupt. Dann besuchen wir eben die Schwiegereltern von Jetmir, für die Zuschauer ist es kein Unterschied, da sie meinen ursprünglichen Plan ja nicht kennen.

Jetmirs Schwiegereltern wohnten in einem tristen Neubau, in einem Teil der Stadt, der mir ähnlich trist vorkam wie das Haus. Die Wohnungseingangstür war eine lackierte massive Holztür, die nicht in das einfache Umfeld des Hauses zu passen schien. Die Tür öffnete sich und wir standen direkt in dem Raum, der Küche und Wohnzimmer in einem war, also dem Herz des Lebens der Familie. Die Möbel waren einfach, aber sehr gepflegt, eine neue Couch im prunkvollen alten Stil mit weiß gehäkelten Decken an den Kopfteilen zum Schutz des Bezugs. Die Wände bemalt, weiße Fließen am Boden und strahlende Menschen, die uns willkommen hießen. Qendrim – *was auf Albanisch der Aufrechte bedeutet* –, Jetmirs Schwiegervater und der Herr des Hauses, war ein kleiner ruhiger Mann mit strahlenden Augen. Trotz seiner bescheidenen Art ist er es, der die Szene auf sich fokussiert, ohne dabei etwas sagen zu müssen. Man spürt, dass er das Zentrum dieses Ortes und der Familie ist.

Qendrim, Chang und Steve bauten die Technik auf, ich versuchte mitzuhelfen, ohne eigentlich zu wissen, was ich da tat. Es machte aber hoffentlich einen professionellen Eindruck.

Qendrim erkannte schnell, dass ich kein Techniker war und auch keine Freude am Aufbau hatte, sodass er mich ohne Worte bat, in seinem Sessel Platz zu nehmen. Obwohl er kein Englisch sprach, Jetmir in dem Augenblick nicht für Übersetzungen zur Verfügung stand und ich ihn erst seit fünf Minuten kannte, fühlte ich mich hier bei ihm und seiner Familie sehr geborgen. So, als ob ich als Kind hier schon öfter war, mich aber nicht mehr genau daran erinnern konnte, und von dem Wohlgefühl der guten Erinnerungen absolut entspannt war. Mit einem Lächeln und ohne Worte schenkte mir Qendrim einen Raki ein, einen Obstschnaps, der durch die Destillation vergorener Früchte hergestellt wird. Ein Nationalgetränk in osteuropäischen Ländern.

Mein Vater, ein Chemiker, meinte, dass man diese Art Schnäpse, die er als Fusel bezeichnete, nicht trinken sollte.

Von unseren Reisen nach Bulgarien brachten wir immer sehr viele verschiedene dieser Obstschnäpse als Geschenke von allen möglichen Leuten mit. Jeder schwor darauf, dass sein Raki ein ganz besonderer war. Wieder aus Bulgarien zu Hause und die unzähligen Flaschen ausgepackt, machte sich mein Vater an die Arbeit in einer eigens dafür gebauten Destillationsanlage in unserer sehr kleinen Küche, jede einzelne Flasche nachzudestillieren, zur eigenen Sicherheit für seine Gesundheit und zur Entmystifizierung der Brenner. Nach seinem Destillationsvorgang blieben immer schwarze Rückstände über, die fürchterlich stanken. Das beeindruckte mich als Kind, da die Ausgangsflüssigkeit klar und durchsichtig war.

Trotz Warnungen meines Vaters vertraute ich nun Qendrim und trank mit ihm ein Glas nach dem anderen. Dabei fühlte ich mich – warum auch immer – wie zu Hause. Das Interessante am albanischen Raki waren die Geschichten dahinter. Nüchtern analysiert mag es eben nur ein Obstbrand sein. In der albanischen Realität war es mehr. Hinter jedem Raki standen ein Mensch und seine Geschichte. Die Menschen sowie die Geschichten schienen sich nie zu wiederholen. Am Ende, hatte ich den Eindruck, schmeckte tatsächlich jeder Raki anders und auf seine Art ganz besonders.

Obwohl wir heute früh noch voller Ungewissheit in Deutschland gestartet waren, ich weder Jetmir noch seinen Schwiegervater kannte, und nun hier irgendwo in einem an sich tristen Neubau in einer tristen Gegend von Tirana saßen, steigerte sich mein Wohlgefühl immer weiter. Etwas esoterisch angehaucht könnte ich es mit dem Gefühl beschreiben, dass man schon einmal in einem früheren Leben hier gewesen sei. Qendrim sagte wenig, zog mich aber dennoch immer mehr in seinen Bann. Er schenkte mir gefühlt den zehnten Raki ein, was die Geborgenheit sogar noch weiter steigerte, als sei ich wieder ein Kleinkind im Kinderwagen.

Bei all dieser Geborgenheit fiel mir langsam auf, dass es in der Wohnung immer kühler wurde, ich fröstelte leicht. Eine Heizung konnte ich nirgends sehen. Ich fragte daher diplomatisch nach, ob sie im Winter die Fußbodenheizung nur wenig nutzen. Jetmirs Antwort überraschte uns. „Es gibt keine Heizung in der Wohnung", antwortete er im Vorbeigehen. „Ist sie beim Bau der Wohnung vergessen worden oder hatte Qendrim damals kein Geld mehr?", fragte ich erstaunt. Nein, eine Heizung war schlicht im gesamten Haus nicht vorgesehen, obwohl die Winter auch in Tirana kalt sein können.

Für Steve war das nichts Ungewöhnliches, er kannte es von seinen Reisen. Chang verstand nicht, wie man in einem Land, in dem es Winter gibt, bei einem Neubau auf den Einbau einer Heizung verzichten konnte. „Sag mal, Jetmir, bereut Qendrim es nicht, in eine Wohnung ohne Heizung gezogen zu sein?" Qendrim, der die Frage verstanden hatte, antwortete darauf mit einem klaren Nein. Er erklärte uns über Jetmir, dass er aus sehr armen Verhältnissen stamme und er sich niemals hätte träumen lassen, einmal eine eigene Wohnung in der Hauptstadt zu besitzen. Die Freude darüber ist noch immer so unfassbar groß, dass er über die fehlende Heizung kaum nachdenkt.

Qendrim war Bauarbeiter und erzählte dann voller Stolz aus seinem Leben. An erster Stelle war er stolz über seine

Familie, danach folgte der Stolz über seine eigene kleine Wohnung, wenn auch ohne Heizung. Zuletzt war er sehr stolz auf seine Arbeit und dass er aktuell am Bau eines Stadions in der albanischen Hauptstadt mitarbeiten dürfte. Mehr brauchte es nicht, um ein ausgefülltes und zufriedenes Leben zu führen.

Damit machte er mich sprachlos.

Als die Kamera lief, fragten ich ihn, was er machen würde, wenn er nicht mehr arbeiten müsste. Nüchtern meinte er: „Das würde mich sehr traurig machen, wenn ich, ohne etwas geleistet zu haben, am Abend nach Hause käme." Ich ahnte bereits, dass ich nicht noch einmal nachfragen sollte, tat es aber trotzdem, wie ich dachte, im Auftrag unseres Publikums. Ich verpackte es etwas netter und fragte ihn, dass er dann doch mehr Zeit mit seiner wundervollen Enkelin haben könnte. Qendrim schaute mich schon fast enttäuscht an, er begriff nicht, warum ich es nicht verstand. Daher erläuterte er: „Die Vorfreude nach einem erfüllten Arbeitstag müde nach Hause zu kommen und zu wissen, dass einem gleich die Enkeltochter in die Arme fallen wird, das ist es, was einen Mann aufrecht und glücklich sein lässt. Das macht ihn zu einem stolzen Mann. Es geht nicht um Macht, Geld oder etwas in diese Richtung, es geht um die Würde und den Respekt vor sich selbst."

Qendrims Frau Adriana – *was auf Albanisch unser Gold bedeutet* – stellte ich die Frage, was sie machen würde, wenn man ihr jetzt einen Koffer mit einer Million Euro auf den Tisch stellen würde? Kurz und bündig sagte sie: „Ich würde den Koffer schnell vom Tisch nehmen, aus Sorge, dass er diesen schönen Abend, das Zusammensein mit euch und meiner Familie stören und gar Unglück für die Zukunft bringen könnte."

Meine zusammengestellten Fragen wollte ich allen befragten Personen stellen, sie sollten ganz bewusst identisch sein, sodass sich der Zuschauer ein besseres Bild machen konnte. Aber diese Fragen schienen mir bereits hier während des ersten Interviews deplatziert. Vielleicht war es wertvoller, einfach zusammen mit den Menschen zu kochen, sich dabei zu unterhalten und die Kamera laufen zu lassen. Bevor ich das tat, versuchte ich es noch mal mit meinen Fragen. Also fragte ich Adriana: „Was sind deine größten Probleme?" Sie schaute mich verwundert an und meinte: „Probleme? Probleme haben wir viele, aber wenn wir eng mit unseren Kindern zusammen sind, fühlen wir diese nicht." „Und was macht dich glücklich im Leben?" „Gemeinsam mit meiner Familie zu kochen und gemeinsam etwas zu schaffen."

Diese klaren Antworten verstärkten nur noch meinen Entschluss, mit der direkten Fragerei aufzuhören. Wir haben dann gemeinsam mit Qendrim, seiner Frau, deren Kindern und Enkeln sowie dazustoßenden Familienmitgliedern, deren Verwandtschaftsgrad nicht erklärt wurde, aber auch keine Relevanz hatten, ein traditionelles und einfaches albanisches Abendessen gemeinsam gekocht und gegessen.

Da saßen wir drei nun, irgendwo in Albanien in einer Küche, bei einer Familie, die wir vor drei Stunden noch nicht kannten. Steve aus der großen weiten Welt Amerikas, Chang aus der Großstadt in China und ich, der Ökonom, den keiner auf Arbeit zu vermissen schien, so wie auch ich niemanden dort vermisste. Wir drei saßen hier mit am Tisch wie drei Brüder der Familie von Qendrim, denen nichts auf der Welt wichtiger war als ihre Familie. Ein bewegender Moment.

Eigentlich lief nichts richtig nach Plan und von meinen 20 Fragen waren gerade drei beantwortet, ergänzt durch das Material einer drei Stunden laufenden Kamera. Was wir daraus später für unseren Film machen konnten, war für mich nicht abzusehen, aber in dem Moment spielte es keine Rolle. Über diese freudige Gleichgültigkeit zu wissen, dass die Arbeit nicht nach Plan läuft, dennoch aber viel Freude bereitet, und den Glauben daran, dass andere darin einmal einen Wert erkennen könnten, dachte ich noch lange nach. So etwas war mir in meinem bisherigen Berufsleben noch nie widerfahren.

Die Farm von Egzon

Am nächsten Morgen stand auf unserem Drehplan der Besuch von Egzon – *was auf Albanisch der immer Glückliche bedeutet* – und seiner Farm am Rande von Tirana. Eine Farm ohne Tiere, aber mit vielfältigem Gemüse- und Obstanbau. Egzon beschäftigte sich hier mit den Möglichkeiten, wie man auf künstliche Düngemittel und andere unnatürliche Dinge in der Landwirtschaft verzichten kann und welche Innovationen es in der ökologischen Landwirtschaft gibt.

Laut Drehplan sollten wir um acht Uhr von Jetmir am Hotel abgeholt werden, um pünktlich um neun Uhr auf der Farm zu sein.

Als Jetmir um neun Uhr noch immer nicht zum Hotel gekommen war und wir ihn auch telefonisch nicht erreichen konnten, rasten meine Gedanken vor Sorge und Ärger. Was war mit Jetmir? Verärgerten wir Egzon, wenn wir so spät erst ankommen? Schaffen wir dann überhaupt unseren Termin am Nachmittag? Um möglichst viele Menschen zu treffen, hatte ich uns einen relativ engen Zeitplan verordnet, der jetzt schon am ersten Tag durcheinandergeriet. Gegen 9:30 Uhr trat Jetmir sichtlich entspannt in die Hotelhalle und erzählte mir als Erstes, wie schön doch der gestrige Abend war. Nachdem wir drei gegangen waren, haben er und Qendrim wohl noch einige Raki auf unser Wohl getrunken, da Jetmir ein gewisses Formtief anzusehen war.

Es war keine Entschuldigung, wie wir sie kannten, nein, es war einfach nur eine freudige Mitteilung, worüber ich Jetmir eigentlich auch nicht böse sein konnte. Höflich erkundigte er sich bei uns, ob wir schon Zeit für unser Frühstück hatten und falls nein, könnten wir ja erst einmal gemeinsam einen Kaffee trinken. Ich fand es irgendwie amüsant, cool oder einfach nur ehrlich von ihm und versuchte mir vorzustellen, dass ich nach meiner Rückkehr auf Arbeit ähnlich reagieren würde, wenn ich mit 1,5 Stunden Verspätung zu einem Termin käme.

Auf dem Weg zu Egzons Farm fielen mir die wirklich vielen Mercedes aller Jahrgänge und Typen auf den Straßen auf. Fast alle hatten eine Gemeinsamkeit. Sie waren top gepflegt, was wohl neben der hohen Wertschätzung für die Marke auch daran lag, dass Albanien, wie anfangs kurz erwähnt, das Land mit der höchsten Autowaschanlagen-Dichte der Welt ist. Um dem Ganzen auch noch eine würdigende philosophische Aura zu verleihen, hieß Autowaschanlage auf

Albanisch „Lavaz". Ausgesprochen *lavaaach*". So schön klang kein anderes Wort auf Albanisch. Daneben ist es auch statistisch erwiesen, das Albanien das Land mit den meisten Mercedes weltweit ist, wieder gemessen an der Anzahl der zugelassenen Autos pro Einwohner. Hier noch eine andere Zahl: im Jahr 1991 gab es bei etwa drei Millionen Menschen im Land nur 3.000 Autos.

Als wir mit fast zwei Stunden Verspätung endlich auf der Farm von Egzon ankamen, entschuldigten wir drei uns aufrichtig bei Egzon für das Zuspätkommen. Zu diesem Zeitpunkt waren wir noch der Überzeugung, dass ein Zuspätkommen auch hier in Albanien etwas Respektloses oder gar Ehrverletzendes sein könne. Unsere Entschuldigung wurde ohne eine erkennbare Reaktion registriert.

In Eile bauten wir das Set auf und wollten gleich mit dem Interview beginnen, um die verlorene Zeit aufzuholen. Wie wir dort und dann auch bei allen noch folgenden Interviews feststellten mussten, war das sehr unhöflich und so nicht realisierbar. Nach Ankunft und Begrüßung setzte man sich erst einmal zusammen, trank Raki und aß eine selbst gemachte Süßigkeit. Gefühlt fing man also von hinten an. Eigentlich eine sehr angenehme Art und Weise, wenn ich nur nicht alles so durchorganisiert und immer die Zeit und den nächsten Termin im Auge gehabt hätte. Das Problem, besser gesagt mein Problem war, dass ich für diese Empfangszeremonie keinen zeitlichen Rahmen eingeplant hatte.

Wieder etwas, was die Albaner auszeichnete und sie uns voraushatten, die Gabe, sich auf den Moment zu konzentrieren. Nachdem wir 20 Minuten beisammensaßen, Raki tranken und Dessert speisten, hatten wir nach meiner Berechnung bereits drei Stunden Verspätung. Ich hatte noch zwei Folgetermine an diesem Tag geplant, die rein zeittechnisch nicht mehr zu schaffen waren, da ja davon auszugehen war, dass die Zeit für die Folgetermine von mir ebenfalls zu kurz geplant war.

Meine beiden Begleiter schien das nicht zu stören. Sie lebten bereits voll im albanischen Modus, in dem Raum und Zeit relativ waren. Ich wies Jetmir und Egzon darauf hin, dass wir nun starten müssten. Mit dem Wort „müssten" schienen sich Jetmir und Egzon nicht anfreunden zu können. Anstatt mir direkt zu antworten, antworteten sie indirekt mit der Bestellung des Essens für uns in der Küche, ergänzt durch den Hinweis, dass es erst einmal nur das Gemüse gäbe und das Lamm noch circa zwei Stunden schmoren müsse. Noch zwei Stunden würden unsere Verspätung auf fünf Stunden addieren. Jetmir sah wohl das Entsetzen in meinem Gesicht und zog mich etwas beiseite. Dort klärte er mich ernsthaft darüber auf, dass ein sich in Arbeit befindliches Essen für die Gäste, und vor allem wenn es sich um Fleisch handelt, etwas Ehrbares sei, das man nicht einfach nur abzuwarten habe, sondern bei dem man die Ehre hatte, es abwarten zu dürfen.

Was bei uns im Rahmen der aktuell sehr trendigen Slow-Cooking-Bewegung als neues Konzept gefeiert wurde, war hier in Albanien in den Bereichen Kochen, Zusammensein und dem Genuss des Augenblicks bereits tief verwurzelt. Ich versuchte, mich von den Gedanken des sich immer weiter verschiebenden Zeitplans bis hin zur völligen Aufgabe zu verabschieden. Es gelang mir nur bedingt, da es wahrscheinlich jahrelanger Übung bedurfte, um diese tiefe Gelassenheit auch authentisch leben zu können.

Die Farm wurde von Egzon und seinem Vater Ramiz – *was auf Albanisch der Gelehrte bedeutet* – betrieben. Wie so oft in Albanien lebten Familien, wo es nur möglich war, zusammen. Egzons Vater Ramiz war studierter Agronom und ehemaliger Landwirtschaftsminister von Albanien. Das Konzept der Farm war recht einfach. Sie widmeten sich alten Pflanzensorten, verzichteten auf chemische Dünger und arbeiteten mit verschiedenen Insekten, um andere Insekten zu vertreiben, oder wie uns Ramiz erklärte: „Wenn wir verschiedene Insekten einladen, kreieren wir einen biologischen Krieg und können somit auf Pestizide verzichten. Und die Pflanzen sind glücklich, wenn sie uns sehen." Ein Satz, auf den man erst einmal kommen muss. Was er aussagte, wurde hier tatsächlich praktiziert. Ramiz ergänzte dann noch: „Wir lernen hier von der Natur und nicht die Natur von uns, deshalb sind wir alle noch Schüler und Gäste auf dieser Erde", womit er recht hatte.

Ich fragte Egzon, ob er auch einen ähnlich starken und bedeutungsvollen Satz für uns Menschen hätte, und er antwortete: „Wir Menschen sind die gefährlichste Spezies auf Erden von dem, was wir bisher gesehen haben, gefährlich für unseren eigenen Lebensraum, den wir geschenkt bekommen haben, und gefährlich für uns selbst." Er hatte sogar noch eine weitere Erkenntnis parat: „Biodiversität ist Leben, Homogenität ist Tod."

Chang fand ihr Konzept sehr interessant, konnte sich aber nicht vorstellen, wie man im heutigen China, mit so vielen zu ernährenden Menschen, mit alten und weniger ertragreichen Pflanzensorten und ohne künstlichen Dünger arbeiten könne, damit in Summe alle Menschen ernährt werden können. Ein biologischer Krieg der Insekten zum Schutz der Pflanzen ging weit über seine Vorstellungskraft.

Am Ende meiner Interviews bat ich sie, dem Publikum einen Grund zu geben, nach Albanien zu kommen. Egzon antwortete darauf schnell und ohne nachzudenken: „Du solltest nicht sterben, bevor du nicht nach Albanien gekommen bist." Wieder so eine eigenständige, von der Frage abweichende, sehr präzise, aber auch irgendwie sinnvolle Antwort, was auf Menschen mit einem reinen Verstand und starken Charakter wies.

Fundim im Boutique Hotel

Auf den folgenden und nun um mehrere Stunden verspäteten Termin mussten wir nicht verzichten, da sich herausstellte, dass auch Fundim irgendwo zu lange in einem Termin saß und sich sogar noch mehr verspätete als wir. Wären wir pünktlich gewesen, hätte ich sein Zuspätkommen bemängelt. Nun, nachdem ich wusste, wie wertvoll für mich der Grund unserer Verspätung war, gönnte ich ihm seine Verspätung, da er ja auch einen wichtigen Grund haben musste.

Fundim – *was auf Albanisch das Licht bedeutet* – war der Chefkoch in unserem Boutique Hotel und hatte einen ähnlichen Weg wie so viele Albaner mittleren Alters hinter sich. Als Albanien in den 1990er-Jahren in Chaos und Armut versank, gab es meistens nur zwei Möglichkeiten. Man blieb hier in Arbeitslosigkeit oder man machte sich auf die

Suche nach einer schlecht bezahlten Arbeit, meist als Hilfsarbeiter, im Ausland. Fundim ging nach Italien, um dort als Lagerarbeiter in einem Hotel-Restaurant zu arbeiten. Durch die Abwesenheit eines Kochs bat man ihn irgendwann, mit in der Küche zu helfen, wo man sein Talent für das Kochen erkannte und glücklicherweise auch förderte. Nach vielen Jahren harter Arbeit eröffnete er in Rom sein eigenes kleines Restaurant, das heute zu einem der besten in Rom zählt.

Fundim hätte es dabei belassen können, da sich seine Frau und seine Kinder in Italien sehr wohlfühlten und für seine Kinder, die in Italien geboren waren, auch die Heimat war. Aber aus eigener Heimatverbundenheit zog es Fundim immer wieder nach Albanien, dorthin, wo seine Wurzeln lagen. Die wenigen Urlaubstage im Jahr, in denen er zurück nach Albanien fahren konnte, reichten ihm eines Tages nicht mehr, sodass er ein zweites Restaurant, hier im Boutique Hotel in Tirana, eröffnete, um somit viel häufiger nach Albanien zu reisen. Schnell wurde das Restaurant im Boutique Hotel genauso erfolgreich wie sein anderes in Italien. Fundim selbst war einer dieser Menschen, die einen gleich mitreißen, voller Energie, Tatendrang und Lebensfreude, einer, dem alle folgten.

Wie sah mein ursprünglicher Plan für den Dreh mit Fundim aus? Das Hotel, das Restaurant und Fundim waren etwas Besonderes. Er war dafür bekannt, dass er traditionelle albanische Gerichte auffrischte, der Zeit anpasste und ihnen eine neue Ausrichtung gab. Das war neu in der Hinsicht, dass traditionelle Gerichte in Albanien seit Jahren kaum verändert wurden. Die Großmutter gab die Rezepte an die Mutter, die Mutter an die Tochter … und immer so weiter über Jahrhunderte, jeweils immer an die nächste Generation.

Da Traditionen und Respekt in Albanien etwas sehr Elementares sind, kam auch nur selten eine Frau auf den Gedanken, die Rezepte der vorherigen Generation zu verändern. Ein noch viel wesentlicherer Grund für die fehlende Anpassung lag in der Familie. In Albanien ist es üblich, dass die Tochter nach der Hochzeit ihre Familie verlässt und zu der Familie des Mannes zieht. In dieser neuen Umgebung werden die Familienmitglieder kulinarisch seit Jahren von ihrer Großmutter oder Mutter versorgt. Wenn es hier nun durch die neue Frau im Haus zu Abweichungen beim Rezept kommen würde, wäre es im Fall einer schlechteren Qualität nicht hinnehmbar und im Fall einer besseren Qualität ein riesen Affront der Großmutter oder Mutter gegenüber, die einer Kriegserklärung an diese gleich käme. Fundim hat es sich jedoch zur Aufgabe gemacht, die traditionellen Gerichte leicht zu verändern oder wie man heute so schön sagt, sie neu zu interpretieren.

Zur Vorbereitung auf die Reise nach Albanien sah ich mir viele Videos von Köchen an, die traditionelle Rezepte neu interpretierten, und ebenso Videos von traditionell kochenden „unbelehrbaren" Großmüttern. Da kam mir die Idee, beide zusammenzubringen oder besser gesagt, diese beiden so unterschiedlichen Kräfte aufeinanderprallen zu lassen und die Argumente, Diskussionen … einfach zu filmen. Ein guter Dokumentarfilm, das habe ich vorab irgendwo gelesen, lebt vom Drama. Na, wenn das kein Stoff für ein gutes Drama war. Laut Drehbuch sollte Fundim also drei albanische Küchenklassiker einmal im Original und einmal in seiner neu interpretierten Variante kochen. Wir würden dann auf der Straße vor dem Hotel willkürlich vier albanische Großmütter suchen und diese bitten, uns ins Restaurant zu folgen, um nach der Verkostung beider Varianten ihre Meinung mitzuteilen.

Ich hoffte, vier missmutige Großmütter zu finden, die schon beim Betreten des stylischen Boutique Hotels mit dem Kopf schüttelnd darüber meckern, woher das Geld für so ein Hotel kommt und wer so viel Glamour in einem Land benötigt, in dem die Menschen ernstere Sorgen haben. Nachdem sie sich auf dem Weg zur Küche, dem Ort der Verkostung, durchgemeckert hätten, sollten sie Fundims neu interpretierte Werke beurteilen und auf den Boden der Realität zurückholen, von ihnen, den Großmüttern, den doch wahren Helden der albanischen Küche. Im Anschluss sollten sie wieder meckernd über ihre Zeitverschwendung das Hotel zurück in die Realität verlassen, um nach Hause zu gehen, dort, wo sie als wahre Heldinnen und Versorgerinnen in der Küche schon sehnsüchtig von ihren Familien erwarten würden. Soweit meine Idee.

Jetmir hatte ich vorab meinen Plan erklärt und er sollte vier für diese Rolle passende Großmütter finden, um diese Szene nicht ganz dem Zufall zu überlassen. Er bestätigte mir schriftlich die Suche nach den Großmüttern, jedoch kommentierte oder bestätigte er mir nicht mein Drehbuch. Damals machte ich mir darüber keine Sorgen. Eben in der Manie des Managers, der davon ausging, dass seine Anweisungen keines Kommentars oder gar Änderungen bedürfen. Wie sich später herausstellte, hat Jetmir nie gelogen oder etwas versprochen, was er nicht halten konnte. Er hielt sich ans Script und organisierte die vier Großmütter.

Allerdings war ich sehr überrascht, als ich die vier Großmütter das Hotel betreten sah. Alle vier waren gekleidet und herausgeputzt, als hätten sie von Jetmir eine Einladung für die Oper erhalten. Sie trugen ihre besten Sachen, die schönsten Frisuren und alles, was ihnen für einen standesgemäßen Abend nötig schien, inklusive eines warmherzigen Lächelns. Es waren nicht die von mir angedachten missmutigen einfach gekleideten Damen. Für die vier war es etwas ganz Besonderes, in das Boutique Hotel von Tirana, dort, wo Politiker und Schauspieler verkehrten, eingeladen zu werden, um dann dort auch noch mit Fundim, dem Wunsch-Schwiegersohn jeder albanischen Mutter, in Kontakt zu treten. Mein Drehbuch war schon vor Beginn des Drehs geplatzt.

Ich suchte Fundim in der Küche, um ihn von den nötigen Änderungen im Drehbuch zu berichten. In der Küche sagte man mir, er sei im Restaurant, und dort im besonderen Spiegelzimmer. Hineilend fand ich ihn persönlich die Dekoration eines Tisches kontrollieren. Ein separates Zimmer, eine wunderschöne Deko. Wer würde hier wohl heute Abend speisen dürfen, eine reiche Familie oder Geschäftsleute? Bevor ich ihm von der Änderung berichten konnte, fragte er mich: „Ist der Tisch für die Großmütter so in Ordnung?" „Für die Großmütter?", fragte ich ihn fast schon entsetzt. Laut meinem Plan sollten die Großmütter ihn doch in der Küche besuchen und auch dort essen.

Er kannte zwar den Plan, hielt es aber nicht für angemessen, vier ihm unbekannte Großmütter in der Küche zu bewirten. So hatte nicht nur Jetmir eigenständig Planänderungen vorgenommen, sondern auch Fundim. Alles aus ehrenwerten und guten Gründen heraus. Der Respekt voreinander und die Fähigkeit, sich in die Lage des anderen hineinzuversetzen, waren hier in Albanien stark ausgeprägt, was für die Menschen sprach, jedoch nicht für meinen Plan.

Steve meinte dazu, dass Mike Tyson sagen würde: „Jeder hat einen Plan, bevor er ins Gesicht geschlagen wird." Wie sich später durch Chang herausstellte, war der Spruch im Original von Cus D'Amato.

Was konnte ich tun? Wenn ich die Seele des Landes finden wollte, war dies ja bereits ein Teil davon. Also ließen wir es einfach laufen, so wie es sich eben ergab.

Das Essen wurde dann sogar von Fundim serviert. Wir setzten uns alle an den Tisch und Fundim unterhielt sich mit den Großmüttern, wieder völlig abweichend vom Drehbuch, mit viel Respekt, gegenseitiger Bewunderung und Fragen über drei Stunden. Alles in allem entwickelte sich daraus ein wunderschöner und stilvoller Abend, ohne das, was angeblich ein Muss eines guten Dokumentarfilms war: Drama.

Wie fanden die Großmütter nun den Kontrast zwischen den traditionellen und den neu interpretierten Speisen? Großmutter Nummer eins war sehr angetan, welches Potential die albanische Küche bietet, ohne die Varianten zu bewerten. Großmutter Nummer zwei war indifferent und nun von beiden Varianten nicht mehr richtig überzeugt. Großmutter Nummer drei konnte mit den neu interpretierten Varianten nichts anfangen. Diese waren ihr zu ausgefallen, zu aufgesetzt und zu wenig gesalzen. Wofür die ganze

Arbeit, war ihr Resümee, wenn auch noch das Salz fehlt. Großmutter Nummer vier genoss sichtlich beide Varianten ohne Einschränkungen. Vielleicht auch deshalb, weil sie die Kräftigste und Hungrigste von allen war. Es wurde nicht, wie im Drehbuch vorgesehen, etwas Spektakuläres oder Radikales. Es wurde das, was man als einen respektvollen, genussvollen und inspirierenden Umgang miteinander beschreiben konnte. Jeder genoss diesen Abend, an dem alle voneinander etwas lernen konnten.

Später im Bett dachte ich noch lange darüber nach. Ich hatte ursprünglich eine starke, witzige und dramaturgische Szene geplant, die aus meiner Sicht ein Garant für einen guten Dokumentarfilm darstellte und somit die halbe Miete für unseren nötigen Erfolg. Aber was suchten wir hier eigentlich, eine inszenierte Situation oder das, was die Menschen ausmachte und wir an diesem Abend fanden? Auch wenn es kein Drama war und das Publikum vielleicht langweilen würde, und vielleicht würde das sogar unsere Dokumentation nicht vermarktbar machen, aber wir haben es genossen.

Am nächsten Morgen sprach ich beim Frühstück darüber mit Steve. In seinem Pragmatismus meinte er nur: „Deine Idee des ursprünglichen Set-ups fand ich sehr gut und das Publikum hätte es geliebt. Aber wir sind hier vor Ort, es ist nun einmal anders gekommen und nicht änderbar. Jedenfalls können wir im Fall eines Misserfolges bei der Vermarktung ehrenhaft auf ein reines Gewissen zurückblicken. Oder was noch besser ist, uns viele Jahre einfach genussvoll an diesen Abend erinnern, egal in welchem materiellen oder gesundheitlichen Umfeld."

Fundim gesellte sich beim Frühstück zu uns und wir sprachen über das, was ihn bewegte und was er noch erreichen wollte. Wir spürten bei seinen Erzählungen, dass er sehr stolz auf das durch ihn Erreichte war, zumal er damals mit nichts seine Heimat verlassen hatte und anfangs als „Nichts" in Italien seinen Weg finden musste. Diesen Stolz kannte ich von vielen meiner Kollegen, die sich in der Organisation hochgearbeitet hatten und Verantwortung trugen. Was unterschied dann eigentlich beide Wege so wesentlich? Das Geld? Ja, wahrscheinlich. Fundim hatte aber noch ein bestimmtes Ziel, das ich so in unserem Großunternehmen bisher noch nicht finden konnte, insbesondere nicht bei den Managern, die glaubten, bereits viel erreicht zu haben. Die meisten haben nur noch die nächstmögliche Karrierestufe oder die Pensionierung als Ziel vor Augen, in der alles nachgeholt werden soll, was auf dem bisherigen Weg auf der Strecke geblieben war. Das ist übrigens ein großer Irrglaube. Beispielsweise kann man seine Kinder am Morgen aufwachen und überhaupt aufwachsen zu sehen, sie in den Schlaf zu verabschieden und ihnen die Sorgen des Tages vor der Nacht abzunehmen, nie mehr nachholen, auch nicht als finanziell gut ausgestatteter und mit einem goldenen Handshake in den Frühruhestand verabschiedeter Topmanager. Was war es dann, dass Fundim noch vor Augen hatte, ohne dass dies sein Familienleben einschränken würde, und er es später bereuen könnte?

Es fing damit an, dass er vor ein paar Jahren das Restaurant im Hotel hier in Tirana eröffnete, was seinem Wunsch vorausging, etwas ins eigene Land zurückzubringen von dem, was er im Ausland gelernt hatte.

Und sein Ziel für den nächsten Schritt, im Vergleich zum nächsten Schritt des Topmanagers? Er hatte es sich zum Ziel gesetzt, als Nächstes auch noch ein Agri-Tourismus-Restaurant in dem Dorf zu eröffnen, in dem er geboren wurde. Er wollte damit diesem Ort seiner Geburt und Kindheit etwas zurückgeben und wertschätzen. Mit all dem, was es vor Ort im Dorf gab, wie die Steine für den Hausbau, gebaut von den Menschen vor Ort, das Restaurant beliefert mit den Produkten der benachbarten Bauern und betrieben von den Menschen vor Ort, denen es Auskommen beschert. Essen, Steine, Weisheiten … er sucht alles, was es vor Ort schon gab, um daraus etwas Neues zu machen. Er und dieser Gedanke erinnerten mich an einen Lachs, der mit viel Kraft zum Laichen an den Ort zurückkehrt, an dem alles einmal für ihn begann. Diese Intuition begegnete uns in Albanien noch oft, als ob es das große Ziel war und all die „Fame und Fortune" oft nur Mittel zum Zweck waren. Fundim war auf der Suche, noch etwas tun zu können, was ihn und seiner Familie weiter mit Stolz erfüllt, anderen etwas gibt und etwas mit Dankbarkeit hinterlässt.

Und nun zum Manager, zu mir. Was würde ich, wenn ich denn bis zur Pension im Unternehmen bleiben würde, vorfinden? Stolz darüber, dass ich eine für mich maximale Hierarchiestufe erreicht habe? Wie erfolgreich ich mich auf diesem Weg gegen all die Mitbewerber um diese Positionen durchsetzen konnte? Und Stolz aus Sicht meiner Familie? Ich fürchte nur bedingt, da alles, was auf der Strecke geblieben ist und noch dortbleiben würde, schwerer wiegen wird, als das materiell Erschaffene. Und anderen etwas gegeben zu haben? Hier konnte ich erschreckenderweise keine

Antwort finden. Was soll meine Tätigkeit als Manager anderen geben können? Etwas hinterlassen, auf das andere weiter bauen können, wie der Fortbestand des Agri-Tourismus-Restaurant im Dorf von Fundim eines Tages?

Das Gespräch mit Fundim am Frühstückstisch und die daraus für mich gewonnenen Erkenntnisse waren recht fundamental. Keiner hatte daran gedacht, auch hierbei die Kamera laufen zu lassen.

Fundim und viele weitere Personen, die wir auf unserer Reise trafen, starteten ihren Weg über die Flucht in ein fremdes Land in einem anderen Beruf, in dem viele unauffällig als Hilfsarbeiter arbeiteten und eines Tages vom Chef für einen anderen Job eingesetzt wurden, wie er als Koch. Hier wurde ihr Talent sichtbar und führte sie auf einen Weg, der sie so viel mehr erreichen ließ. Mein Weg als studierter Ökonom hingegen kannte nur eine Richtung ohne Alternativen. Keiner würde mich anderweitig einsetzen, um ein Talent oder eine Leidenschaft in mir zu wecken.

Ein Besuch im Kindergarten Nr. 34

Die Reise nach Albanien für den Film entwickelte sich auch zu einer anderen Reise. Neben der Dokumentation begleitete mich ein ständiger Spiegel auf mein eigenes Leben, eine Art paralleler Film, mit dem passenden Titel *„Auf der Suche nach mir selbst"*. So viele starke Gedanken und gewichtige Erkenntnisse schon beim Frühstück und Start in den neuen Tag, ich war erstaunt. Nur gut, dass unser Drehbuch als Nächstes den Besuch in einem albanischen Kindergarten vorsah. Warum ein Kindergarten? Wir wollten einfach ein breites Spektrum der albanischen Gesellschaft über die Küche kennenlernen. So wie man über die Gestaltung und Pflege von Friedhöfen in den verschiedenen Ländern sehr viel über die jeweiligen Gesellschaften erkennen kann, so sind es auch die Kindergärten, die etwas über die Gesellschaft aussagen, wie sie mit ihrer eigenen Zukunft umgehen.

Auf dem Weg fragten wir Jetmir, wie der Name des Kindergartens sei. In Deutschland tragen die Kindergärten immer vermeintlich kindgerechte Namen, wie Pusteblume, Schlumpfeneck ... Zu Albanien mit seinem klaren und starken Charakter würde das irgendwie nicht passen, dachte ich. „Wir besuchen heute den Kindergarten Nummer 34. Alle Kindergärten in Tirana sind einfach durchnummeriert, ohne weitere Namen." Klar und leicht zu verstehen. Es passte irgendwie zu dem Land und seinen Menschen, auch wenn es vielleicht im ersten Moment etwas herzlos klang.

Auf der Fahrt zum Kindergarten Nummer 34 sahen wir einige Schnellrestaurants, was mich an einen der besonderen Fakten über Albanien erinnerte, nämlich dass es in Albanien keinen McDonalds gibt. Da wir im Stau standen, in dem ich noch immer kein System erkannte, blieb Zeit, dieser Frage nachzugehen. Jetmir freute sich sichtlich über die Frage, sodass er nicht gleich direkt darauf antwortete, sondern die Frage an uns zurückgab. „Was meint ihr wohl warum?", fragte er. Steve durfte als Erster antworten. Er war kein Fan von Fast-Food-Ketten, aber fühlte als Amerikaner irgendwie für McDonald's, und deren entgangene Geschäfte in einem der wenigen Länder unserer Erde, die noch nicht durch amerikanisches Fast Food bekehrt wurden. Aus seiner Sicht konnte es nur an einem, wie auch immer gearteten, politischen Komplott liegen. Jetmir grinste und verneinte. Changs fortschrittliche und stark kapitalistische Sicht ließ ihn vermuten, dass McDonald's hier den Wettbewerb nicht überlebt hat. Jetmir bestätigte ihm eine gewisse Richtigkeit seiner Antwort. Nun fehlte nur noch meine Antwort, aber mir fiel nichts ein und ich zuckte nur mit den Schultern. Woran lag es nun, fragten wir Jetmir gespannt. Er grinste noch stärker und sagte: „Ganz einfach, weil es keiner möchte."

Und in der Tat hatte niemand Interesse. Obwohl Tirana eine europäische Hauptstadt ist, in der viele junge Leute leben und Albanien ist sogar Mitglied der NATO. Vor einigen Jahren gab es wohl einen potenziellen Franchise-Nehmer, mit dem bereits alle Verträge kurz vor dem Abschluss standen, bis er merkte, dass alle Zutaten vertraglich geregelt nicht aus Albanien kommen sollten. Das hielt er nicht für sinnvoll, zumal Albanien alle Zutaten zur Verfügung hatte und sogar in Bioqualität. Er machte den lokalen Bezug der Zutaten als Bedingung für die Vertragsunterzeichnung. McDonald's erschien seine Forderung absurd, so wie ihm der Gedanke absurd schien, die Zutaten nicht aus lokaler Produktion verwenden zu dürfen. Ein Vertrag kam somit nicht zustande, und weitere Interessenten schien es bis heute nicht zu geben. Nicht dass ich etwas gegen McDonald's hätte, aber irgendwie gefiel mir diese Konsequenz der Ablehnung. Vielleicht dient es McDonald's eines Tages sogar als Vorlage, um die Zutaten nur aus den Ländern zu beziehen, in denen sie ihre Endprodukte verkaufen, sowie nur Zutaten aus biologischem Anbau zu nutzen. Würde McDonald's diesen Schritt gehen, würden sicherlich nicht nur die Albaner ein größeres Interesse an deren Produkten haben. Es wäre, so wie für Albanien und seine Menschen zutreffend, ein ehrlicher Ansatz.

Steve wagte dann noch zu fragen: „Gibt es denn in Albanien Starbucks?", aber er ahnte schon die Antwort. Jetmir quittierte es mit einem kurzen Nein. Keiner fragte nach dem Grund, obwohl die Nachfrage vielleicht sinnvoll gewesen wäre, da Albanien ja keinen eigenen Kaffee anbaut.

Kurz vor der Ankunft dachte ich darüber nach, ob der Kindergarten Nummer 34 genauso nüchtern und pragmatisch wie sein Name war. Der Besuch eines Kindergartens wird in Deutschland von Kinderärzten sehr empfohlen, damit sich die Kinder immunisieren können, also untereinander Krankheiten austauschen, um ihr Immunsystem zu stärken. In Deutschland habe ich oft den Eindruck, dass viele Kindergärten diesen Ansatz dankend aufnehmen, um damit die mangelnde Grundsauberkeit zu begründen. Zu unserer Überraschung war das hier nicht der Fall. Alle Kindergärtnerinnen trugen weiße Kittel wie in einer Klinik. Alles war sehr sauber und ordentlich. Alles hatte seinen Platz, jeder wusste, was zu tun ist.

In der Küche trafen wir Salije – *was auf Albanisch die Tugendhafte bedeutet* – und ihre beiden Kolleginnen. Über dem Eingang der Küche und des Speiseraums stand, von Kinderhänden geschrieben: Man ist, was man isst. Steve meinte dazu, er sei dann als Schwein aufgewachsen, in einem amerikanischen Kindergarten mit vorgekochtem Essen und gesponserten Süßspeisen sowie Getränken amerikanischer Nahrungsmittelkonzerne. In seinem Kindergarten hätte über der Tür noch der Slogan frühkindlicher Markenbindung platziert werden können.

Salije war ausgebildete Köchin, die tatsächlich täglich frisch und mit regionalen Zutaten kochte. In Deutschland bekäme man für diese Art der Zubereitung und der verwendeten Zutaten ein Siegel für nachhaltiges Kochen. In Albanien war es so, wie ich es mir auch in Deutschland vor 50 Jahren vorstellte.

Ich lobte Salije für diesen Ansatz und fragte sie, ob die Zutaten obendrein auch noch bio wären. Die Frage verstand sie im ersten Augenblick nicht. Ich fragte dann noch einmal, ob die Zutaten biozertifiziert sind. Sie entgegnete erstaunt: „Nein, die Zutaten sind nicht bio und auch nicht zertifiziert, sie sind naturbelassen. Sie kommen von den Kleinbauern aus der Gegend, die die Tiere und Pflanzen verwenden, die bereits mehrere Generationen vor ihnen verwendet haben. Und natürlich ohne den Einsatz von Chemikalien oder was auch immer nicht von der Natur vorgesehen war." Anderes könne man sich finanziell auch nicht leisten.

In Deutschland, dem Land der tausend Siegel, hätte das noch Potenzial für eine neue Art von Siegel, das Verwenden alter Sorten von Gemüse, über Generationen hinweg unverändert. Wie sehr sich auch alle in Deutschland über so einen neuen Ansatz und ein neues Siegel freuen würden, trotzdem könnte es in Deutschland wahrscheinlich kaum vergeben werden, da es kaum noch alte Sorten von Pflanzen und Tieren gibt.

Salije fasste es dann so zusammen: „Wir haben und sehen keine andere Möglichkeit, als frisch und mit lokalen

Zutaten zu kochen." Das ließ keine weiteren Fragen offen. Im Hinterkopf dachte ich an das Hauptargument in Deutschland, warum Großküchenanlieferungen in Kindergärten und Schulen vermeintlich effizienter sind und man sich diese Art des Kochens erst einmal leisten können muss. Ja, in Deutschland ist das immer ein gewichtiges Argument, auch wenn ich es eigentlich nicht nachvollziehen kann und will. Gefragt habe ich Salije nicht. Irgendwie wollte ich ihr gegenüber nicht als Depp dastehen, der einfache Zusammenhänge nicht versteht.

Salije, eine Frau Mitte/Ende dreißig, beherrschte ihr Kochhandwerk sehr gut. Sie hatte schon im Ausland als Köchin gearbeitet und dann in einem sehr guten Restaurant in Tirana. Bevor wir sie fragen konnten, erzählte sie es uns. Als ausgebildete und erfahrene Köchin könnte sie jederzeit besser bezahlt woanders arbeiten. Aber sie arbeite nirgendwo anders so gern wie hier im Kindergarten Nummer 34, wo sie den Kindern täglich etwas Gutes geben und auch das Wissen und den Respekt über Essen vermitteln kann. Neben dem Kochen unterrichtete Salije die Kinder auch über Arten, Herstellung und Verwendung von Lebensmitteln sowie deren Bedeutung für die Gesundheit.

In Deutschland hätte Salije für diese Lehrtätigkeit wohl mehrere staatlich anerkannte Bildungswege gehen, sich zertifizieren und regelmäßig fortbilden müssen. Hier tat man einfach, was zu tun war. Auch Salije wollte, wie Fundim, nach dem Finden ihrer Profession und dessen hingebungsvoller Ausführung noch etwas mehr tun und weitergeben. In ihrem Fall war es das Unterrichten der Kinder über Lebensmittel. Schön, dachte ich, dass auch sie ihre Bestimmung und Aufgabe gefunden hatte. Und war mir noch nicht einmal über meine berufliche Bestimmung, geschweige denn der Aufgabe darüber hinaus im Klaren.

Die mich als Kind so beeindruckenden Kalendersprüche meiner Oma schienen von Salije und den anderen bisher in Albanien getroffenen Personen einfach verinnerlicht und gelebt zu werden. Die Sprüche mussten für sie nicht an einen Kalender geheftet werden, sie benötigten sie auch nicht als Inspiration, sie lebten sie einfach. Warum gelang mir das bisher auf meinem scheinbar so erfolgreichen Weg noch nicht? Warum schien ich gedanklich noch immer das Kind bei meiner Oma, das von den Sprüchen angetan war, sie aber noch nicht richtig verinnerlichen und umsetzen konnte?

Beim Essen fiel uns das Geschirr aus Porzellan, inklusive einer Suppenterrine mit Deckel auf. Keiner von uns drei kannte so etwas aus seiner Zeit im Kindergarten, bei uns gab es nur Plastikteller und Plastikbesteck, wie man sie heute aus Angst vor einem Missbrauch auch aus Flugzeugen kennt. Uns war auch heute kein Kindergarten in Deutschland, China oder den USA bekannt, in dem von Porzellantellern gegessen wurde.

Erstaunt fragten wir bei Salije nach. „Warum denn nicht?", fragte sie uns zurück. Es könnte ja zerbrechen, die Kinder sich verletzen und die Kosten für den Kindergarten in die Höhe steigen, entgegneten wir. „Ja, könnte es, tut es aber nicht", antwortete Salije. „Wissend um diese Gefahren, lernen die Kinder den respektvollen Umgang mit etwas Wertvollem." Ich musste sofort daran denken, wie dieses Konzept in einen deutschen Waldorf-Kindergarten passen würde.

Würde man das, was wir hier fanden, die Sauberkeit, das gute Essen, das Porzellan, das Vermitteln von Werten und Wissen über das Essen, in ein Konzept formen und unter einem wissenschaftlich geprägten Namen in Deutschland umsetzen, wäre dieses neue Konzept etwas, was sich nur wenige leisten könnten.

Am Ende unserer Dreharbeiten vor Ort war eigentlich alles gesagt, dennoch dachte ich an meine Drehbuchfragen, von denen ich hoffte, dass die Antworten die Seele des Landes widerspiegeln würden. Zum Schluss stellte ich daher Salije alle Fragen von der Liste. Salijes Antworten waren exemplarisch für sehr viele Menschen, die wir in Albanien trafen.

⇨ *Wie wünschen Sie sich, dass Albanien außerhalb Albaniens gesehen wird?*
Ehrlich und mit allen Aspekten, die uns ausmachen. Wer dann noch Interesse hat, ist gern unser Gast. Wer nicht, muss uns nicht besuchen, sollte aber über uns weniger Vorurteile haben.

⇨ *Was sind Ihre Ziele und Träume im Leben?*
Das, was ich tue, noch lange tun zu können.

⇨ *Was verdienen Sie?*
Darüber möchte ich nicht sprechen.

⇨ *Was ist/wird Ihre Rente sein?*
Darüber möchte ich lieber nicht nachdenken.

⇨ *Was bedeutet Arbeit für Sie?*
Fast das Gleiche wie Familie.

⇨ *Was ist das Wichtigste in Ihrem Leben?*
Familie und Arbeit.

⇨ *Was möchten Sie in Ihrem Leben verändern?*
Nichts.

⇨ *Was sind Ihre größten Probleme, und wie gehen Sie damit um?*
Wir haben viele kleine Probleme, die zu großen Probleme werden, wenn wir sie zu nah an uns herankommen lassen.

⇨ *Was tun Sie, wenn Sie sich etwas Besonderes gönnen wollen?*
Ein großes Essen mit der Familie und Freunden.

⇨ *Was würden Sie tun, wenn Sie sich ein Jahr lang nicht um Ihr Einkommen sorgen müssten?*
Meine Arbeit vermissen.

⇨ *Was macht Sie glücklich?*
Familie und Arbeit.

⇨ *Welche Zutaten, Rezepte und Kochtechniken spiegeln die Seele des Albaners am besten wider?*
Ein gutes Brot, das, was uns die Natur in den jeweiligen Jahreszeiten bietet, mit Ruhe, Zeit und im Rahmen der Familie zubereitet.

So einfach kann man sein Leben auch zusammenfassen.

Ich überlegte, wie die Antworten bei einer Umfrage bei mir im Unternehmen ausfallen würden. Diese Frage bewegte mich so sehr, dass ich noch am Abend einigen meiner Kollegen die Fragen per E-Mail sendete. Keiner konnte sich bei den Antworten so kurz fassen, viele Antworten enthielten Unsicherheiten und warfen noch mehr Fragen auf. Ich fühlte mich wie ein Lehrer einer siebten Klasse, der mit so vielen unterschiedlichen und teilweise unreifen bis wirren Antworten umgehen musste.

Viele haben mir die Fragen auch erst einige Tage später beantwortet. Nicht aus Zeitmangel, wie man vermuten würde, sondern aus der Unsicherheit heraus, was und wie sie antworten könnten. So schwierig kann man sein Leben auch zusammenfassen.

Auf der Rückfahrt zum Hotel waren wir erst sehr still, jeder von uns musste erst mal das verarbeiten, besser gesagt genießen, was wir bei Salije vorgefunden hatten. Doch wie es in Albanien ist, bietet dieses Land immer wieder überraschende Situationen für neue Fragen. So sahen wir an sehr vielen Balkonen und Fenstern Teppiche hängen. Wir fragten Jetmir danach und er klärte uns darüber auf, dass das eine albanische Tradition sei, an einem bestimmten Tag vor dem Jahresende die Teppiche zu reinigen und aus den Fenstern zu hängen.

Leutrim

Im Anschluss hatten wir einen Dreh mit Leutrim – *was auf Albanisch der geborene Held bedeutet*. Diesmal kein Koch, aber ein Gastronom, TV-Moderator und jedermanns sowie jederfraus Liebling in Albanien. Jemand, der dem Volk aus der Seele zu sprechen schien.

Leutrim startete seine Karriere als Big-Brother-Gewinner der ersten Staffel, die es in Albanien gab. Ich fragte mich und ihn, warum die Albaner es schafften, McDonald's von sich fernzuhalten, aber nicht Big Brother. Eine Antwort darauf gab er mir nicht, und zu interessieren schien ihn die Frage auch nicht. Nun gut, wir konnten in der Kürze der Zeit ja auch nicht allem nachgehen.

Leutrim spendete damals seine Sieges-Gage zu 100 % für soziale Zwecke, was vielleicht etwas die Frage beantwortet. Im Vergleich zu McDonald's, gab es bei Big Brother die Chance, Geld zu gewinnen und dieses zu spenden. Immer nach der albanischen Logik, etwas zu schaffen und dann dem Volk etwas zurückzugeben.

Leutrim sah gut aus, war ein cooler Typ, arbeitete als TV-Moderator im Frühstücksfernsehen und für den Rest seines Tages, 100 Meter fußläufig von der TV-Station entfernt, als Gastronom in seiner historischen Raki-Kneipe, die zugleich ein Museum der albanischen Kultur ist. Was für ein Leben, dachte ich. Man träumt nicht mehr vom großen Geld ... man wacht früh auf, geht ins Fernsehstudio, berichtet dort mit der Leichtigkeit des Seins über Themen im Frühstücksfernsehen, um sich anschließend auf den Weg in seine eigene Kneipe nebenan zu machen. Frühstücksfernsehen im Hotelzimmer waren für mich während meiner bisherigen Dienstreisen immer die besten fünf Minuten am Tag, bevor der Alltag startete.

Überhaupt genoss Leutrim sein Leben. Er nannte seine Kneipe nicht Kneipe, sondern kombinierte ein Café mit einem Museum, in dem er über 5000 Sorten Raki servierte. Er meinte, die Italiener haben den Wein, die Japaner ihren Sake und die Albaner ihren Raki, der ihr Land in der Welt präsentiert. Was ich so nicht bestätigen konnte, da ich bisher noch nie albanischen Schnaps außerhalb Albaniens gesehen hatte. Aber Leutrim war damit zufrieden.

Nach seinen vielen Darstellungen, Vorführungen über die Herstellung von Raki am Tisch und mehreren Verkostungen war mir ehrlich gesagt noch immer nicht klar, was das Besondere am Raki war. Leutrim erklärt es mir noch einmal. Alles was, fermentierbar ist, wird im Anschluss zu

Raki destilliert. Raki fängt das Wesen einer Region ein, destilliert und bewahrt es. Diese philosophische Zusammenfassung war super. Kurz, präzise, richtig und gut klingend, sodass es nicht mehr nötig war, der Sache weiter auf den Grund gehen zu müssen.

Am Ende blieb für mich die Erkenntnis, dass Leutrim mit seinem Raki-Museums-Café etwas erfunden hatte, was ihm Freiheit und Freude brachte. Gäbe es eine Liste der Verdienste von Menschen für und in Albanien, stände bei Leutrim: B*ewahrer der albanischen Kultur und Museumsbetreiber*. Auch wenn ich mir nicht sicher war, ob Leutrims Leistungen mit denen anderer Albaner vergleichbar waren, war er smart genug, protokollarisch auf diese Liste zu kommen.

Leutrim lud uns am Ende des Drehs dazu ein, am Ende unserer Reise ihn in seiner Frühstücks-TV-Show zu besuchen. Was wir gern annahmen, weil wir davon ausgingen, ihn dort zu filmen, und nicht, wie sich dann herausstellte, von ihm auf die Bühne gebeten zu werden und ganz spontan über unsere Reise und unsere Eindrücke von Albanien zu sprechen. Wieder etwas so Typisches für Albanien, Gastfreundlichkeit und die Gabe, den Ball zurückzugeben.

Kochschule

Auf unserem Drehplan stand auch eine Kochschule, von deren Besuch ich mir viel erhoffte. Ich dachte an eine alte Generation von Kochlehrern und jungen wilden Kochlehrlingen, um die unterschiedliche Dynamik aufzunehmen. Etwas Drama. Drama, was ein Film nun einmal brauchen sollte. Wie wir jedoch bereits durch den Besuch bei Fundim und den vier Großmüttern erfahren hatten, brauchte es hier kein Drama und war auch keins zu erwarten.

Die Kochschule, die wir besuchten, wurde von Tarik – *was auf Albanisch der an die Tür klopft bedeutet* – geleitet, der hier seine eigenen Auslandserfahrungen an die angehenden Köche weitergab. Darüber hinaus war Tarik durch mehrere TV-Auftritte als Koch in Albanien sehr bekannt und beliebt. Zu meiner Enttäuschung wurde für uns nicht etwas richtig Herzhaftes aus der albanischen Küche in traditioneller und neu interpretierter Form gekocht, sondern sie waren dabei, einen traditionellen albanischen Kuchen zu backen.

Backen war etwas, was ich selbst nicht konnte, auch nie können wollte und was mich ehrlich gesagt nicht sonderlich interessierte.

Nun waren wir einmal hier und die Leute hatten sich darauf vorbereitet, sodass wir eben das Backen filmten. Tarik hatte bereits, wie man es aus Kochshows im Fernsehen kennt, einen fertigen Kuchen vorbereitet, quasi als sichtbares Ziel. Es war ein recht einfach wirkender Kuchen, der mich beim ersten Anblick etwas enttäuschte. Ich fragte mich, ob unser Publikum so etwas spannend finden wird. Andererseits beruhigte es mich, dass der Dreh dadurch wohl nicht allzu lange dauern würde, da wir später noch in die von Tirana recht weit entfernte Stadt Berat fahren mussten.

Nachdem Tarik uns vorab das Resultat zeigte, führte er uns zu den Zutaten, unter anderem Getreidekörner und andere Rohprodukte, die eine längere Zubereitung verheißen ließen. Tatsächlich zog sich die Produktion dieses scheinbar einfachen Kuchens über eine lange Zeit hin. Den Herstellungsprozess würde man im späteren Film, wenn überhaupt, geschnitten in einigen Sekunden präsentieren können. Aber unser Schicksal schien es, den Prozess von Anfang bis Ende begleiten zu müssen. Die Herstellung war komplizierter als gedacht und erforderte tatsächlich viele kleine verschiedene Arbeitsschritte voller Konzentration und Hingabe. So wie eben das Leben in Albanien.

Die angehenden Köche, die wir währenddessen interviewten, hatten alle eine sehr angenehme und höfliche Art. Sie schienen sehr wohlerzogen, so wie Chang, das wohlhabende Kind aus China, der ein Jahr seiner Ausbildung in einem der besseren Internate dieser Welt verbrachte. Es war nicht nur ihre Höflichkeit, die mich beeindruckte. Sie hatten auch ein gesundes Selbstbewusstsein, fast schon tendierend hin zu einer ansatzweise angenehmen Eloquenz. Wohlhabende Familien in anderen Ländern schicken ihre Kinder aus diesem Grund auf ein teuer bezahltes Internat. Was neben guten Noten auch die emotionalen Fähigkeiten, die Ausdrucksweisen, ein gesundes Selbstwertgefühl und den respektvollen Umgang untereinander fördern soll. Was diese Punkte anging, so schienen die ca. 20 jungen Leute hier alle dieses Ziel bereits verinnerlicht zu haben, ganz ohne teures Internat, sondern nur durch ihre Familien. Warum nur muss diese Funktion in vielen reichen Ländern oft ein Internat übernehmen, dachte ich.

Chang wunderte sich noch mehr und wollte unbedingt herausfinden, aus welchen Elternhäusern diese so angenehmen jungen Menschen kamen. Ausgehend von den Erzählungen erfuhren wir, dass die meisten von ihnen aus sehr einfachen Verhältnissen und ländlichen Gegenden stammten, wobei hiermit einfach nur die materiellen Begrenzungen gemeint waren. Ihre Eltern gingen meist körperlich anstrengenden Berufen nach. Alle Familienmitglieder hatten sich zu Hause auch um die Nutztiere zu kümmern. Also lernen sie von klein an, Verantwortung zu übernehmen. Aus diesen scheinbar wenigen, aber starken Zutaten sind diese jungen Kochschüler erwachsen. So einfach war es.

Nach ihren Träumen gefragt, gab es keine großen, unrealistischen oder langfristigen Antworten. Es war eher eine gewisse Demut erkennbar. Der Dank, die Lehre als Chance bekommen zu haben und den Luxus, sich jetzt erst einmal auf diese Aufgabe konzentrieren zu dürfen, so wie der Dashi-Lehrling in Japan, an den ich dabei spontan dachte. Was danach kommt, konnte oder wollte man sich noch nicht vorstellen. Die Herstellung des sehr lange dauernden, einfachen und nicht spannend wirkenden Zucker-Milch-Kuchens wurde dafür irgendwie zum Symbol.

Auch Tarik konnte mit meinen Fragen der Interviewliste nicht wirklich etwas anfangen. Ich quälte mich mit den Fragen und er sich mit den Antworten, mir zuliebe.

Nachdem das Werk vollbracht und der zweite Kuchen fertig war, aßen wir diesen alle zusammen an einem großen Tisch, und mir war so, als hätte sich das Warten gelohnt, um diesen Moment des gemeinsamen Essens am Tisch zu genießen. Plötzlich erinnerte ich mich an meine erste Arbeitswoche im Unternehmen, in der mir die gemeinsamen Essen sowohl mit Kollegen als auch mit Geschäftspartnern immer so unangenehm vorkamen und ich mich nie frei fühlte. Hier am Tisch in der Kochschule und an all den anderen Tischen in Albanien saß ich auch mit mir fremden

Menschen am Tisch, aber nie verschlossen und innerlich verspannt. Vielleicht war einer der Unterschiede der, dass wir uns zuvor Zeit zum Kennenlernen nahmen.

Den anderen Kuchen gab uns Tarik mit auf den Weg, obwohl wir das dankend ablehnten, da wir ja eine lange Autofahrt nach Berat vor uns hatten. Tarik bestand jedoch darauf, dass wir den Kuchen mitnahmen, was wir dann taten.

Auf dem Weg nach Berat

Berat war laut dem japanischen Fremdenverkehrsamt einer der schönsten Orte in Europa. Einst Grenzstadt des byzantinischen Reiches und von der UNESCO als Weltkulturerbestätte ausgewiesen, die auch noch den Namen „Die Stadt der tausend Fenster" trägt.

Auf der Fahrt nach Berat schlief ich ein und wachte, wie bei langen Fahrten üblich, erst einmal nur mit einem halben Auge aus dem Fenster blickend auf und dachte, wir sind in Texas oder dem mittleren Osten, da lauter Öltürme und Ölpumpen zu sehen waren. Ein surrealistisches Bild, zumal wir uns bereits in den Bergen Albaniens befanden. Ich erinnerte mich gelesen zu haben, dass Albanien über eine der größten Ölreserven in Europa verfügte, das eigene Öl aber hauptsächlich als Rohöl für den Straßenbau nutzte.

Wieder so ein enormes Potenzial für das Land, wenn es sich weiterentwickeln und das Öl im Land selbst weiter veredeln würde. So dachte der Ökonom in mir, und ich fragte Jetmir: „Warum wird das eigene schwarze Gold hier nicht besser genutzt?" „Wahrscheinlich aus Geldmangel", war seine lapidare Antwort. Aus volkswirtschaftlicher Sicht und über den entgangenen Nutzen hätte ich noch viele Fragen stellen können. Aber überraschenderweise hatte ich keine Lust, in diesem Thema weiter herumzubohren, obwohl es als Ökonom mein Gebiet war und der späteren Dokumentation geholfen hätte. In mir war es so, wie die Albaner gedacht oder geantwortet hätten, es wird schon seine Gründe haben.

Grab mit Seeblick

Ein paar Kilometer weiter sahen wir dann keine Ölförderpumpen mehr, sondern nur noch Natur satt, (als wäre man in Kanada oder Neuseeland) in den unendlichen Weiten unberührter Natur. Es folgten kleine Dörfer und kleine Seen. Am Ende eines Dorfes, noch vor dem Ortsausgangschild, am rechten Fahrbahnrand, stand ein sehr gepflegtes Grab mit frischen Blumen am Hügel mit dem schönsten Blick vom Dorf auf den See. „Jetmir, weißt du, was es damit auf sich hat?", fragten wir.

Wir bekamen die Antwort, die ich mir für meine Rückkehr in mein Unternehmen aufheben und bei Vorhandensein genügend Mutes vorbringen wollte: *„Es wird schon seine Gründe haben."* Jetmir hingegen musste für diese Antwort keinen Mut aufbringen oder den richtigen Zeitpunkt abwarten. Er war frei, es einfach zu sagen, wann immer es ihm in den Sinn kam oder besser gesagt, wann immer es ihm nötig schien, auf diese Weise zu antworten. Er spürte jedoch, dass uns seine Antwort in diesem Fall nicht reichte. Wahrscheinlich interessiertes es ihn insgeheim auch, was es mit dem Grab an dieser eigenartigen Stelle auf sich hatte. Er stoppte den Wagen, drehte um und fuhr mit uns zurück in das Dorf zu einer kleinen Tankstelle mit kleiner Kneipe, um hier der Sache auf den Grund zu gehen.

Der Tankstellenbesitzer und Kneipier in einer Person fragte, woher wir kamen, und war perplex und erfreut darüber, dass er einen Amerikaner, einen Chinesen und einen Deutschen zusammen bei sich begrüßen konnte. Er bat uns sogar, mit ihm ein Foto zu machen. Wir wollten dann nicht gleich mit der Frage über das Grab an ihn herantreten und baten erst einmal um drei Flaschen Wasser. Er nahm die drei Flaschen aus dem Kühlschrank und reichte sie uns mit strahlenden Augen, was mir unvergesslich blieb. Wie gut, wenn man nicht verlernt hat, vor Freude zu strahlen, und dann noch bei einem scheinbar banalen Grund. Die Flaschen schenkte er uns. Nachdem wir, wie es in diesem so gastfreundlichen Land üblich war, erst einmal etwas über uns erzählten, fragten wir ihn nach dem Grab.

Erfreut sprang er auf, um eine Flasche Raki und fünf Gläser zu besorgen. Ohne Erklärung oder Nachfrage, ob jeder von uns jetzt Raki trinken wollte, schenkte er jedem ein, erhob sein Glas, schaute nach oben und meinte: „Onkel Valmir – *was auf Albanisch gute Welle bedeutet –*, du hast Besuch aus der Welt. Prost!" Auch wir tranken ohne Widerrede das volle Glas Raki mit einem Schluck aus, so wie er es offenbar aus einer Kombination aus Freude und Ehrfurcht tat. Dann erzählte er uns die Geschichte des Grabs.

Sein Onkel Valmir war es, der seit nun 12 Jahren nicht mehr in seinem Haus neben der Tankstelle wohnte, sondern in dem Grab kurz vor dem Ortsausgangschild mit Seeblick. Aber warum ist Onkel Valmir nicht wie die anderen aus dem Ort auf den Friedhof umgezogen, wollte nun sogar Jetmir wissen. „Onkel Valmir hat sich in seinem Leben sehr für die Belange und das Wohl des Dorfes und seiner Einwohner engagiert." Das Schicksal hatte ihn in eine Familie und in ein Haus hineingeboren, das auf der Straßenseite lag, die keinen Seeblick hatte. Onkel Valmir konnte in seinem Leben auch nicht genügend Geld erwirtschaften, um sich auf der anderen Straßenseite ein Haus mit Seeblick zu bauen. Aber das Haus mit Blick auf den See war ihm lebenslang eine schöne Vorstellung.

Das erinnerte mich an etwas. Als ich nach der Uni mit der Arbeit anfing, fragte ich einmal einen recht jung wirkenden Chef im Unternehmen, wie er es denn so schnell so weit in dieser Firma gebracht habe, worauf er mir antwortete, man muss sich nur Ziele setzen, wie er sich das Ziel setzte, eines Tages ein Haus mit Seeblick zu besitzen, und diesem Ziel alles andere unterordnete. Tatsächlich kaufte er sich eines Tages ein Haus am See. Tragischerweise starb er aber ein paar Jahre später und viel zu früh ganz allein als geschiedener Mann an einem Herzinfarkt in seinem Haus mit Blick auf den See.

Für Onkel Valmir dagegen war das Haus mit Seeblick ein Wunsch, jedoch kein Ziel, dem viele andere Dinge untergeordnet werden mussten, um es zu erreichen. Er hat sich nie in den Gedanken verbissen, und es auch nie aus eigener Kraft erreicht. Er schenkte jedoch seine Kraft anderen Bewohnern seiner Gemeinde in allen Belangen, die sie nicht selbst ausführen konnten. Nach seinem Tod entschied sich die Gemeinde daher, ihm als Dank für sein freiwilliges Wirken vor Ort seinen Wunsch, den Blick auf den See, für die Ewigkeit zu erfüllen. Glaubt man an den Fortbestand der Seele nach dem Tod, wurde Valmirs Lebenswerk besser belohnt als das des Managers, der nun in einer Urne auf dem Friedhof ohne Ausblick weilte.

Chang fragte Jetmir, wie es denn regulatorisch möglich sei, einen Menschen einfach „wild" vor dem Ortsausgangsschild zu bestatten. Jetmir verstand die Frage nicht. „Du siehst doch das Grab dort?"

„Aber ist das wirklich mit dem Gesetz konform?", fragte Chang weiter nach. „Woher willst du das wissen? Die Gesetze sind doch auch nur von Menschen gemacht und können bei Bedarf geändert werden, so wie vielleicht im Fall von Onkel Valmir."

Jetmir fügte noch hinzu: „Gott, wie kann man nur so kompliziert denken. Gott sei dank bin ich nicht in China geboren." Chang fühlte sich daraufhin unwohl. Jetmir fragte jetzt ihn: „Was macht man in China, wenn man ein aus heutiger Sicht illegales Grab mit Meerblick findet, in dem ein ehrenwertes Gemeindemitglied beherbergt liegt?" Chang konnte auf die Frage nach Recht über Moral, oder Moral über Recht ad hoc nicht antworten.

Berat – Stadt der 1000 Fenster

Durch unsere extrem verspätete Abreise aus Tirana und den ungeplanten Stopp an der Tankstelle erreichen wir Berat erst im Dunkeln, was an sich nicht schlimm wäre. Aus Sicht der Film- und Bildqualität war es jedoch ein Desaster. Schließlich hatten wir für die spätere Vermarktung des Films reiseinteressierte Menschen ausgemacht und uns war bisher keine einladende Reisedokumentation bekannt, die im Dunkeln im Dezember gedreht wurde, außer vielleicht über Weihnachtsmärkte.

Steve mit seinem grenzenlosen Optimismus sah das anders. Er unterstellte dem Publikum die Fantasie und auch das Interesse, sich die von uns besuchten Orte dann selbst im Frühjahr, Sommer oder Herbst anzuschauen, mit einer weiteren positiven Überraschung, dass dann auch noch Blätter an den Bäumen seien und Berat bei Tageslicht noch schöner sei.

So sahen wir Berat, die Stadt der 1000 Fenster, nun zum ersten Mal im Dunkeln. Sehr alte Häuser, kein einziges neues Haus, zogen sich den Berg nach oben und schauten mit ihren 1000 kleinen Fenstern und Fenstern in den Fenstern nach unten auf den Fluss. Eine malerisch schöne Stadt wie aus einer anderen Zeit, als wäre in der Zwischenzeit der Jahrhunderte nichts passiert, keine Kriege, keine Weltpolitik, kein technischer Fortschritt, nichts, nur das, was Menschen vor vielen hunderten Jahren mit Bedacht erschaffen haben. Griechen, Römer, Byzantiner, Slawen ... alle diese Völker hat die Stadt vorbeiziehen sehen, ohne dass sie sich davon hätte zu einer Veränderung hinreißen lassen. Als wäre die Stadt nicht überzeugt genug gewesen, etwas an sich ändern zu müssen. Wie eine tausendjährige Kiefer, die man für ihre Leistung bewundert.

Die 1000 Fenster waren beeindruckend, und ich stellte mir vor, was sie schon alles gesehen haben. Nun sahen sie auch noch drei auf unterschiedliche Art und Weise verwirrte Menschen, die auf der Suche nach etwas Sinnvollerem und vielleicht auch irgendwie auf der Suche nach sich selbst waren. Drei Menschen aus so unterschiedlichen Kulturen, mit eigentlich allen Möglichkeiten, die ihnen ihre Länder bieten konnten, auf der Spitze eines technologischen Fortschrittes, der so viel Lebensqualität mit sich brachte, standen sie nun hier ratlos im Dunkeln vor den 1000 Fenstern.

In Berat waren wir mit Luana – *was auf Albanisch die Löwin bedeutet* –, ihrem Mann Edi – *was auf Albanisch der Schatzmeister bedeutet* – und deren Sohn Gezim – *was auf Albanisch die Freude bedeutet* – verabredet. Die drei wohnten im Zentrum der Altstadt in einem zweistöckigen, aber wirklich sehr kleinen Haus. Das Haus hatte sichtbar nur drei Räume. Im Erdgeschoss eine Küche mit einem Essbereich und einem kleinen Einkaufsladen nebenan, nur getrennt durch eine Gardine und ein Bad. Im ersten Obergeschoss gab es ein Wohnzimmer. Wie und wo hier alle wohnten und schliefen, erschloss sich mir nicht. Ich traute mich aber auch nicht, danach zu fragen, da ich niemanden in Verlegenheit bringen wollte. Sie freuten sich über unsere Ankunft, so als seien wir Verwandte aus einer anderen Stadt, die sich endlich nach ein paar Wochen wiedersahen.

In der Küche fiel Chang ein separater kleiner Küchenschrank mit Glasfenster auf, in dem einige Teller, Tassen,

Besteck und Töpfe standen. Warum separiert man einen kleinen Teil der Küchenausstattung wie in einem kleinen Altar und unberührt vom Rest? Waren es Stücke von den verstorbenen Großeltern als Erinnerung oder Andacht? Nein, aber der Gedankenansatz in Richtung etwas Religiösem war richtig. Luana war Muslima und ihr Mann Edi Christ, was in Albanien kein Hindernis für eine Hochzeit oder Gründung einer Familie war. Ihr Sohn Gezim wuchs mit beiden Religionen auf und konnte sich dann ab seinem 18. Lebensjahr für eine Religion entscheiden, die ihn mehr überzeugte.

Wozu aber nun der kleine Schrank mit dem separaten Koch- und Essgeschirr? Er war für die jüdischen Freunde und Nachbarn, wenn diese bei ihnen zu Besuch waren. „Bestehen denn alle Ihrer jüdischen Freunde und Nachbarn auf diese strikte Trennung des Koch- und Essgeschirrs, wenn sie zu Besuch kommen?", wollte Chang wissen. Luana erklärte uns, es sei für den Fall der Fälle. Es gäbe solche und solche. Manche, die es lockerer, und manche, die es strenger auslegten. So sei sie als gute Gastgeberin auf alle möglichen Szenarien vorbereitet und respektiere damit die Religion und Ansicht anderer. Ihr ging es nicht um die Religionszugehörigkeit der anderen, sie wollte einfach nur eine gute und respektvolle Gastgeberin sein, auch ohne dass man es von ihr verlangte.

Chang hatte vor unserer Reise nach Berat über diese über viele Jahrhunderte uneingeschränkte friedliche Koexistenz der verschiedenen Religionen in Berat gelesen, die sogar nicht vor der Judenverfolgung im Zweiten Weltkrieg Halt machte, Juden wurden hier von Christen versteckt. Und so erzählte Chang Luana stolz von seinem Wissen. Luana antwortete nicht, so als ob sie wüsste, dass gleich jemand anderes die Antwort übernehmen würde. Und in der Tat war es Gezim, der Changs Aussage bestätigte, er merkte aber an: „Es waren keine Christen, die Juden versteckten, sondern Menschen, die anderen Menschen halfen, die versteckt werden mussten." Richtig, selbst Gezim, der Jüngste im Bunde, hatte erkannt, dass es zuallererst um Menschen ging.

Wenn schon der Sohn zu so wertvollen Schlüssen kam, wollten wir auch seinen Vater Edi zum Umgang mit den verschiedenen Religionen befragen. Warum eine Religion das Trinken von Alkohol oder das Essen von Schweinefleisch untersagte, konnte er nicht nachvollziehen, es interessierte ihn aber auch nicht, es war ja nicht sein Problem, sein Leben oder eine Einschränkung, die ihn betroffen hätte. Er respektierte es einfach. Ihm war seine wertvolle Zeit, darüber nachzudenken oder gar Leute von etwas anderem zu überzeugen, viel zu schade. So unterschiedlich die Antworten und Reaktionen auf diese Religionsfrage durch Luana, Gezim und Edi auch ausfielen, so einig waren sie sich in ihrem humanitären Ansatz. Es gab keine Antwort aus einer Schablone, jeder schien verstanden zu haben, worum es ging, nämlich um Respekt und Gastfreundlichkeit. Dazu passend gibt es zwei albanische Weisheiten: *„Das Haus eines Albaners gehört Gott und dem Gast"* und *„Wenn du im Haus eines Freundes bist, sind schlechte Zeiten bald vergessen."*

Für den Filmdreh war das gemeinschaftliche Kochen einer typisch traditionellen albanischen Speise geplant. Um welche Speise es sich handelt, wurde vorab nicht weiter besprochen. Da sich Chang und Steve seit einigen Jahren vegan ernährten, fiel die Überraschung umso größer aus, als Luana uns mitteilte, dass wir heute Ziegenmagen kochen würden. Chang und Steve sagten etwas zaghaft, dass sie Veganer seien, woraufhin Gezim laut und herzlich lachte. Er wiederholte diesen Fakt zweimal nachfragend. „Ihr seid Veganer, hier auf dieser Reise in Albanien?" Er wollte nicht wissen, warum sie Veganer waren, oder sie von etwas anderem überzeugen, es schien ihm einfach nur unpassend, auf einer kulinarischen Reise durch Albanien Veganer zu sein. „Warum seid ihr Veganer geworden?", fragte Luana nach. Beide erklärten ihr sehr weitschweifig ihre Gründe. Zusammenfassend hätten sie es auch damit auf den Punkt bringen können, dass beide mit Massentierhaltung und der dafür gigantischen Menge an Futtermitteln, die wiederum riesige Ressourcen verbrauchte, einfach nicht einverstanden waren. Sie wollten dieses System nicht unterstützen. Luana erklärte ihnen, dass es in Albanien keine Massentierhaltung mit all den negativen Folgen gäbe und sie deshalb für die Zeit hier kurz auf ihren Veganismus verzichten könnten.

Sie wollte damit nicht direkt die Einstellung der beiden ändern, sondern nur ihnen mitteilen, dass ihre Gründe in Albanien nicht zutrafen. Dann erzählte sie uns alles zur Ziege, über ihre Herkunft, sie gab dem Ziegenmagen eine Identität, als sei die Ziege ein bekanntes Familienmitglied gewesen. Luana legte noch nach, indem sie erklärte, dass Ziegen sehr selten geschlachtet werden und Ziegenmagen in Albanien eine große Delikatesse sei, der nur mit besonderen Gästen gekocht und gegessen würde. Chang und Steve imponierte die personalisierte Story der Ziege und aus Ehrgefühl aßen sie später den Ziegenmagen, der einen sehr eigenen Geschmack und noch viel schlimmer, eine grausame Textur hatte. Gern taten sie es nicht, das sah ich ihnen an. Ich lehnte dankend ab, aß nur das Gemüse und entschuldigte mich dafür, dass ich es nicht essen könne, dennoch ihre Mühe sehr schätze. Luana lächelte und sagte: „Danke für die Anerkennung meiner Mühe und deine ehrliche Aussage."

Sie fügte noch hinzu, dass sie mit den verbleibenden Stücken des Ziegenmagens, und durch meinen ehrlichen aber respektvollen Verzicht, in der glücklichen Lage sei, morgen ihre geschätzten Nachbarn zum Essen einladen zu können. Chang und Steve waren verwirrt und hörten auf zu essen. Laut Luanas erster Aussage hätten sie es nicht essen müssen und sofort damit aufhören können. Luanas zweite Aussage, dass sie ehrliche Meinungen sehr schätze, hielt sie jedoch davon ab. Also aßen sie, vom Geschmack und der Textur fast angewidert, weiter, wohl wissend, dass sie damit den geschätzten Nachbarn, die morgen meinen Teil mit Genuss essen würden, ihre Teile vorenthalten, während sie sie gerade widerwillig in sich hineinwürgten. Die Situation hatte etwas Bizarres, wie ein Lehrstück für kleine Kinder über die sich fortführenden Konsequenzen einer einzigen Lüge.

Nachdem jeder das aß, was er essen wollte oder dachte essen zu müssen, nahmen wir eine weitere Runde Raki zu uns. Es war die Fortsetzung der ersten Runde, die wie immer beim Betreten des Hauses gereicht wurde. Bei der Fortsetzungsrunde wurde etwas über die Besonderheit dieses Rakis und der Geschichte dahinter erzählt. Wenn man diese Geschichten zum ersten Mal hört, sind sie sehr spannend, da es um den Bezug zum Produkt geht, einem ohnehin in unserer westlichen Welt zu Recht gerade sehr gehypten Thema. Hört man die Geschichten dann mehrfach von verschiedenen und allen sich noch besser glaubenden Schnapsbrennern, wird es anstrengend, dem Entstehungsverlauf mit allen Details zu folgen. Die Entstehungsgeschichte von Edis Raki schien, aus welchem Grund auch immer, gar kein Ende zu nehmen, sodass ich versuchte, ihn mit einer Frage abzulenken.

„Wie sieht es bei euch mit der Nachbarschaftshilfe aus, wenn es einen so starken religiösen Respekt untereinander gibt?" Edi wirkte etwas enttäuscht von meiner Frage, so, als hätte ich die Kernaussage seines Sohnes beim Gespräch über die Religionen nicht verstanden. „Es geht um die Menschen, man hilft sich nicht aus religiösen Gründen, es geht um die Hilfe und den Respekt als solches. Wenn ich beispielsweise höre, dass einer meiner Nachbarn etwas arbeitet, gehe ich zu ihm und frage, ob ich ihm helfen kann."

Steve kommentierte diesen Ansatz mit: „Wow!", worauf Edi ihn korrigierte. Bei ihm selbst löse dies nicht immer eine wow-Begeisterung aus, wenn er zum Beispiel erschöpft von seiner eigenen Arbeit kommend und im Anschluss auf der Couch liegend die Arbeitsgeräusche des Nachbarn vernimmt. Er springe dann nicht bei der ersten Wahrnehmung mit einem „wow, ich kann helfen", auf. Nein, erst beim zweiten oder dritten Mal. Er sei auch nur ein Mensch, der nach getaner Arbeit mehr Freude an der Entspannung findet, als sofort helfend beim Nachbarn weiterzuarbeiten. Aber, er tue es dann, unaufgefordert und aus Respekt seinem Nachbarn gegenüber, und weil auch er eines Tages Hilfe benötigen könnte und nicht danach fragen möchte.

Luana bestätigte uns diese Art des Lebens in der Ortsgemeinschaft an einem anderen Beispiel. Eine alte Frau im Ort bekommt gesundheitliche Probleme und muss in das drei Stunden entfernte Krankenhaus nach Tirana. Wie kommt die Frau dorthin? Die Frau ruft eines ihrer Kinder an und teilt, nicht wie bei uns ihr Anliegen, sondern die Notwendigkeit mit, welche ab sofort indiskutabel im Mittelpunkt steht. Sollte das zuerst informierte Kind nicht die Möglichkeit haben, die Mutter zu fahren, übernimmt dieses Kind die weitere Organisation, wer die Mutter nun fährt, in dem es die Information an die Geschwister weiterreicht. Sollten auch diese nicht in der Lage sein, ihre Mutter zu fahren, geht die Stafette der Verantwortlichkeit noch immer, ohne dass die Frau hierbei direkt involviert ist, in die folgenden Verwandtschaftsgrade über. Sollte nun der unwahrscheinliche Fall eintreten, dass auch keiner aus der weiteren Verwandtschaft Zeit hat, geht die Stafette, noch immer organisiert durch den Letzten, der verhindert war, an die Nachbarn und dann, im wirklich kaum noch denkbaren Fall, an Bekannte weiter. Ein Taxi, Pflege, Bringdienst oder ähnlich Unpersönliches, und darüber hinaus auch nicht zu bezahlendes Transportmittel, ist faktisch nicht vorgesehen.

„Warum funktioniert das nicht bei uns", fragte ich mich, und der seit einiger Zeit wieder zufrieden in sich ruhende Edi erkannte es und antwortete messerscharf: „Weil ihr euch nicht mehr kennt, und wenn man sich nicht kennt, kann man auch schlecht eine Beziehung und eine damit einhergehende Verantwortung füreinander aufbauen." Welch kluger Einwand, den wir erst einmal verdauen mussten. Steve meinte, die Zeit zum Nachdenken über Edis klugen Einwand damit zu überbrücken, indem er die unnötige Frage in den Raum warf, wie er es meinte. Na, wie sollte er es schon meinen? So wie er es sagte, dachte ich mir. Aber Steves vermeintlich unkluge und unnötige Frage ließ Edi eine weitere treffende Geschichte erinnern.

Berat, die Weltkulturerbestätte, der etwas spirituell angehauchte Ort des friedlichen Miteinanders und der Koexistenz der Religionen sowie dem von grandioser Natur umgebende Ort, besuchen oft abenteuerlustige Reisende aus aller Welt. Häufig auch Menschen, die vom westlichen Leben ausgebrannt und auf der Suche nach dem Sinn und sich selbst sind. Nach Edis Worten beherbergt seine Familie oft solche Besucher. Wo in diesem kleinen Haus, war mir unklar, aber nachfragen wollte ich jetzt nicht. Aus seiner Sicht wiederhole sich deren Verhaltensmuster oder, wie er sich korrigierte, deren Verhaltensauffälligkeit. Die meisten dieser Art Besucher fanden in dem, was sie die letzten Jahre taten, keinen Sinn und hatten darüber hinaus auch noch das Gefühl, sich selbst verloren zu haben.

Nach einer kurzen Pause, die keiner für eine unangebrachte Bemerkung oder Frage nutzte, lachte Edi herzlich und wiederholte, dass sie sich selbst verloren hatten und sich nicht mehr finden konnten. Nach einer weiteren kurzen Pause fragte sich Edi und uns: „Wie kann man sich selbst verlieren, wenn man sich doch mindestens zweimal täglich im Spiegel sieht?" Edi lachte wieder herzlich und freute sich darüber, dass wir scheinbar nicht zu dieser Kategorie von Menschen zählten, sodass er alle Raki-Gläser weit über den Rand füllte und jedes einzelne Glas zum Überlaufen brachte. Einfach so aus Freude. Auch Luana lächelte, dass ihr Mann sich so herzlich freute, dass sie das Überfüllen der Gläser und Auslaufen des Rakis auf die gute Tischdecke nicht zu stören schien.

Nachdem sich die Situation wieder beruhigte und der Raki getrunken war, fuhr Edi mit seiner Geschichte fort. Susan, Mitte 50, sehr vermögend, aus Texas in den USA, machte sich, in der First-Class geflogen, auf den weiten Weg nach Berat, um sich hier zu finden. Ob es um ein Wiederfinden oder Überhauptfinden ging, wusste Edi nicht mehr. Das Jahr zuvor war Susan unter gleichen Umständen und mit gleicher Absicht irgendwo in einem armen Land in Afrika gewesen. Die Reise nach Afrika konnte ihr aber keine Antworten geben, sodass aus Edis Sicht nur Reisekosten in Höhe mehrerer kleiner Häuser hier in seiner Nachbarschaft als Resultat blieben. Neben den Reisekosten, die Susan nicht weiter tangierten, blieb ihr von der Reise nach Afrika ein Foto. Sie als weiße Amerikanerin umringt von afrikanischen Kindern und einem afrikanischen Baby im Arm. Das Bild hängte sie sich in ihr großes seelenloses Haus irgendwo in Texas.

Edi fragte Susan: „Kennen Sie die Namen Ihrer Nachbarn in Texas?" Susan kannte nur einige wenige. „Kennen Sie von den einigen wenigen namentlich bekannten Nachbarn deren eigentliche Herausforderungen im Leben?" „Nein", sagte Susann. „Warum nutzen Sie dann nicht die Zeit statt der Reise nach Afrika und nach Berat dafür, Ihre Nachbarn kennenzulernen, deren Schwierigkeiten zu verstehen und für sie da zu sein, statt das afrikanische Baby auf dem Arm zu schaukeln und es sich durch ein Foto dokumentieren zu lassen, das ihre mehrheitlich ungekannten

Nachbarn nicht zu sehen bekommen." Susan antwortete ihm, dass er im Grunde recht hat, aber dass dieses Kennenlernen und die Fürsorge den Nachbarn gegenüber jahrelang dauern würde, und die Spende in Afrika jetzt nötiger wäre. Edi schlug ihr vor, weiter aus der Ferne zu spenden, aber auch einfach bei den Nachbarn zu klingeln, nach deren Namen zu fragen und Interesse als Mensch zu zeigen sowie zweimal am Tag länger in den Spiegel zu schauen. Daraufhin weinte Susan vor Erleuchtung und Glück. Edis Sohn Gezim fragte uns, was so eine Heilung in den USA, China und Deutschland gekostet hätte. Wahrscheinlich mehr als die First-Class-Tickets von Susan, antwortet Steve.

Am Ende unseres Abends hier im Winter, in der kleinen Küche in Berat, mit bis vor Kurzen uns völlig unbekannten Menschen, stellte ich Edi die Frage, was er in seinem Leben noch erreichen wolle. „Nichts weiter", antwortete er. „Ich habe eine kleine Familie, einen guten Beruf und ein kleines eigenes Haus. Was brauche ich mehr." Ich fragte nach, ob er darüber hinaus noch etwas Besonderes für sich erleben wolle. „Das habe ich schon", meinte er. „Und was war es?", fragte ich sehr gespannt auf die Antwort. Ich möchte hier kurz erwähnen, dass Edi auf mich wie ein sehr starker und harter Mann wirkte. „Vor vielen Jahren habe ich mir einen großen Traum verwirklicht und den Orchideengarten von Prinzessin Diana in England besucht. Das reicht mir für mein Leben, etwas im Ausland gesehen und erlebt zu haben." Verrückt, dachte ich. Ein Job, ein kleines Haus, eine kleine Familie und der Besuch in Prinzessin Dianas Orchideengarten waren das, was diesen starken, klaren und so charaktervollen Mann seinen Frieden finden ließ. Wer oder was hat uns nur vom Weg abgebracht, dass wir nicht mehr so empfinden?

Beim Verabschieden drückte mich Edi so fest und lange, als wüsste er, dass wir uns nie wiedersehen, und als wolle er mir sagen, mach etwas aus deinem Leben mit den an diesen Abend gewonnenen Erkenntnissen.

Auf der Rückfahrt sprach keiner ein Wort. Jeder genoss die Magie dieser Nacht in den Bergen Albaniens.

Kuchen an der Tankstelle

Auf dem Rückweg nach Tirana fiel mir auf, dass ich an diesem Tag so viel erfahren durfte und erlebt hatte, wie sonst jahrelang nicht zuvor in Summe. An diesem Tag schien bereits alles gesagt, getan und erlebt zu sein. Außer Tariks Kuchen von unserem heutigen Besuch in der Kochschule, der uns noch immer begleitete und der hier im Auto auf seine Bestimmung zu warten schien. Ich bereute es etwas, dass wir den Kuchen nicht mit zu Luana und ihrer Familie genommen hatten, um ihn dort gemeinsam zu essen. Jetmir meinte, es sollte wohl so sein und Luana hatte ja auch ein eigenes Dessert vorbereitet.

Nach einer Stunde Fahrt durch die Nacht machten wir einen kurzen Stopp an einer Tankstelle, wo sich die Bestimmung des Kuchens offenbaren sollte. Während des Tankens unterhielt sich Jetmir mit dem Tankwart so vertraut und entspannt, als wäre er einer seiner vielen Cousins. Nach dem Tanken starrte Jetmir in die Luft und schien noch nicht bereit für die Weiterfahrt. Er wartete auf die Rückkehr des

Tankwarts, der uns von sich aus als Geschenk vier Kaffee brachte. Und daraus ergab sich die Bestimmung des Kuchens. Denn zum Kaffee passt Kuchen. So aßen wir mit dem Tankwart namens Marin – *was auf Albanisch der aus dem Meer Stammende bedeutet* – früh um vier Uhr gemeinsam den Kuchen und unterhielten uns über sein und unser Leben. Ich empfand es als die würdige Abrundung dieses Tages und der Kuchen fand seine Bestimmung.

Er war aber auch der Samen für etwas Neues, denn die Hälfte des Kuchens blieb übrig, den Marin freudig und als Überraschung seiner Familie am Morgen mitbringen wollte. Ein Kuchen, wenn auch nur noch die Hälfte, vom TV-Koch Tarik! Marin war sehr glücklich darüber. Wahrscheinlich würde eines seiner Kinder von der Hälfte dann noch ein Stück mit in die Schule nehmen, genussvoll von der Herkunft berichten und somit die Geschichte mit anderen teilen.

Es war wie eine Stafette der Offenheit anderen Menschen gegenüber, die man weiterreichen konnte, symbolisch in Form eines Kuchens. Es war ein Geben und Nehmen, wie eine Offenbarung über den Sinn des Lebens, und dass doch alles recht einfach sein kann, wenn man nur dafür offen ist.

Oscar Wilde sagte einmal, und wohl am besten für uns auf diesen Tag zutreffend: *„Es gibt Bücher, die uns in einer Stunde mehr leben lassen, als uns das Leben in zwanzig Jahren gewährt."* Dieser Tag hatte für mich so viel Weisheiten, Intensität und Lebensfreude gebracht, gefunden in den Augen der anderen. Ob sich das im späteren Film abbilden ließ, war mir in diesem Moment egal. Was ich in diesem Augenblick nachts um vier in der Dunkelheit Albaniens erfuhr, war etwas, was ich mir die letzten Jahre zwar selbst vor Augen hielt, oft daran dachte, aber nie wirklich aus dem Inneren heraus fühlte: Dankbarkeit, dankbar, so einen Tag erleben zu dürfen.

Ein Kollege von mir im Unternehmen beschäftigte sich über Jahre mit Meditation und machte eine Vielzahl von Kursen. Nach drei Jahren und gefühlt 30 Vorkursen berichtete er mir, dass er nun so weit sei, um mit seiner Meditationsgruppe für drei Tage in den Wald zu gehen. Er glaubte, oder man redete es ihm ein, dass dieser dreitägige Waldgang den Besuch aller 30 Vorkurse, das Lesen unzähliger Bücher und das Üben verschiedener Meditationstechniken voraussetzen müsse. Bei diesem Waldgang wurde ihm in Aussicht gestellt, dass er das Licht sieht und eine andere Sicht auf sein eigenes Leben wahrnehmen kann. Er war so stolz, sich für die Teilnahme am Waldgang qualifiziert zu haben, und erwartungsvoll, was er wohl sehen würde. Als er am Montag nach dem Waldgang ins Büro kam, sah ich nichts in seinen Augen, was auf eine Erleuchtung hindeutete. Ich wünschte, er wäre heute mit bei uns gewesen, ungeplant und ohne Erwartung, was ein Tag mit sich bringen kann.

Zamir

Nach nur sehr wenig Schlaf besuchten wir am nächsten Morgen Zamir – *was auf Albanisch gute Stimme bedeutet* – auf seiner Farm an. Ein Hof unter dem Motto *Farm to Table* und *Agriturismo*. Beides gut klingende Begriffe. Oft werden Betriebe darum herum aufgebaut, hier konnten sie einfach um den Betrieb entwickelt werden. Das, was den Begriffen zugrunde lag, wurde hier bereits seit vielen Jahren unbewusst gelebt.

Auf dem Weg sahen wir viele kleinere Farmen, die den größten Teil der landwirtschaftlichen Struktur Albaniens ausmachen. Die landwirtschaftlichen Gebiete sind sehr kleinteilig und diversifiziert, wodurch es kaum Großbetriebe gibt.

Daneben erblickten wir unterwegs viele Weinberge und Olivenbäume, was geografisch gesehen eigentlich naheliegend ist. Jedoch wusste keiner von uns, dass Albanien auch Produzent von hervorragenden Weinen und Olivenölen ist.

Wenn wir schon nichts von diesen sich aus der Geografie erschließenden Schätzen wussten, wie sollten wir wissen, dass dort sehr viele Trüffel zu finden sind und dass Albanien der weltgrößte Exporteur von Salbei, Enzian und Rosmarin ist, diesmal nicht nur auf die Bevölkerungszahl oder Fläche des Landes bezogen.

Nach diesem kurzen Exkurs in Albaniens Landwirtschaft erreichten wir Zamirs Farm. Man muss kein Romantiker sein, um das, was wir auf den ersten Blick sahen, als ursprünglich, geborgen und einfach schön zu empfinden. Wir sahen, dass hier im Dezember noch Mandarinen und Granatäpfel an den Bäumen hingen, was deren natürlicher Art der Konservierung dient. Am Ende der Farm lag ein kleiner See, an den Seiten kleinere Stallungen und in der Mitte Gewächshäuser und kleine Felder.

Mit Zamir, seiner Frau und den vier Kindern begrüßte uns wieder einmal eine strahlende und mit sich im Reinen befindliche Familie. Fast schon, als sei es zur Routine geworden, setzten wir uns erst einmal, tranken gemeinsam Raki, starteten mit dem Dessert und nahmen uns die Zeit zum Kennenlernen. Während dieser sich in dieser Form immer wiederholenden Begrüßung, die sich über eine Stunde hinzog, traute sich niemand von uns, die Kamera laufen zu lassen, da es sich um eine persönliche Begrüßung und ums Kennenlernen handelte. Wie bereits oft erlebt, waren diese spontanen Momente und Gespräche ohne die Kamera die wertvollsten. Zamir interessierte sich sehr dafür, woher wir kamen, was wir taten, wie Landwirtschaft in unseren Ländern strukturiert ist und wie sich diese in den nächsten Jahren entwickeln würde. Wir versuchten Zamirs Erwartungen an unser Wissen etwas zu reduzieren, da wir keine Landwirte seien, worauf Zamir antwortete, dass wir doch junge und gebildete Menschen aus diesen Ländern seien, die ein Verständnis über die dortige Landwirtschaft, die Quelle unserer Ernährung, haben müssten.

Zamir war, wie so viele Albaner, eine gestandene Persönlichkeit, der das, was es zu sagen gab, bereits im Kennenlerngespräch gesagt hatte und nicht den Eindruck erweckte, noch großes Interesse an meinen standardisierten Drehbuchfragen zu haben, nachdem wir die Kamera aufgebaut hatten. Daher bat ich Zamir einfach, uns frei etwas über seine Farm zu erzählen.

Alles, was er hier tut, ist hundertprozentig naturbelassen. Die Bezeichnung Bio mochte auch er irgendwie nicht. Er, seine Nachbarn und Albanien überhaupt haben das Naturbelassene nicht erfunden, nur einfach nie verlassen. Dinge wie chemische Dünger oder genveränderte Pflanzensorten haben noch nicht ihren Weg hierher gefunden, schlicht weil es sich in der Vergangenheit niemand hätte leisten können. Hinzu kommt ein weiterer glücklicher, wenn auch wirtschaftlich schwieriger Grund. Für albanische Landwirtschaftsprodukte ist ein Export in die anderen EU-Staaten kaum möglich, da Albaniens Landwirtschaft nicht massiv subventioniert wird, so wie es in den anderen europäischen Ländern der Fall ist. Was wiederum bedeutet, dass man kaum in der Lage ist, seine Produkte in andere EU-Länder zu exportieren, sondern nur die stark subventionierten europäischen Produkte zu Dumpingpreisen den albanischen Markt überfluten. Etwas verärgert, aber auch stolz meinte Zamir, dass einem somit nichts anderes übrig bleibt, als sich auf das zu konzentrieren, was man hat und kann.

Daher verwendet man sehr oft in Albanien alte Sorten von Pflanzen und Arten von Tieren, wirtschaftet mit ihnen hundertprozentig natürlich und verkauft diese, verglichen zu den subventionierten Importprodukten anderer EU-Länder, zu höheren Preisen im eigenen Land. Obwohl viele Menschen in Albanien noch immer ein sehr geringes Einkommen haben, legen die meisten von ihnen dennoch großen Wert auf die Qualität ihrer Lebensmittel. „Weniger ist mehr", ist zum Glück etwas, was in einem der ärmsten Länder Europas, gelebt wird. Wobei man sich fragen muss, woran Armut gemessen wird. Von dem, was uns Land und Menschen bisher geboten haben, wäre es nach unserer Klassifizierung eines der reichsten Länder Europas.

Zamirs Kühe geben nur einen Bruchteil der Menge an Milch, verglichen mit der Milchmenge einer Zuchtkuh in einem deutschen Großbetrieb. Was wahrscheinlich auch für die Fleischausbeute pro Kuh der Fall ist, fügte Chang hinzu, woraufhin Zamir ihn berichtigte, dass er hier keine Fleischausbeute betreibe. Das Tier überlasse ihm nach einem langen Leben sein Fleisch. Steve meinte: „Ich schätze es, dass du kleinere Kühe hältst, aber warum hast du davon so wenige?" Zamir erklärte ihm, dass es keine kleinere Art sei, sondern die ursprünglichen, und das, was wir aus der Massenhaltung kennen, keine großen, sondern massiv überzüchtete Kühe seien. „Bei sehr vielen Tieren kann ich sie nicht mehr respektvoll behandeln!"

Für Chang war der Besuch auf der Farm in zweierlei Hinsicht etwas Besonderes. Es war sein erster Besuch auf einer Farm und ließ ihn den Bezug zwischen dem, was wir konsumieren, und der Art, wie man es herstellt, erkennen. Zamirs klare Regeln seines Handelns, die er sich selbst auferlegt hatte, ohne dabei auf etwas verzichten zu müssen, beeindruckt ihn tief.

Er überlegte laut, Zamir und Fundim, den Koch aus dem Boutique Hotel in Tirana, nach China einzuladen, um ihnen dort die Möglichkeit zu geben, sich und ihre Arbeit vorzustellen. In China war es üblich geworden, bekannte und besonders gute Street-Food-Köche in eines der vielen Fünfsternehotels einzuladen und sie an einem der exklusiven Buffett-Abende im sichtbaren Bereich des Restaurants kochen zu lassen. Die Organisatoren dieser Idee sahen darin eine Auszeichnung für den Koch und eine Abwechslung für deren wohl gelangweilte Gäste. Ähnliches versuchte man neuerdings auch mit lokalen Biobauern, die ihre Zutaten präsentierten und die dann die hauseigenen Chefköche zubereiteten. Nur, dass es in China sehr oft an Biobauern aus der Umgebung mangelte. Oder sie luden sich einen 80-jährigen bekannten Street-Food-Koch ein, oft gleich inklusive seines Kochstandes, der sich wahrscheinlich mit seinem Stand seit 60 Jahren nicht bewegt hat, um seine Kunststücke in einer luxuriöseren Umgebung fortzuführen und bewundern zu lassen. Das war jedenfalls meine Sicht darauf. In China kam keiner auf solche Gedanken oder fand daran etwas Abwegiges. Und wie würden Zamir, Fundim und die anderen Köche die Idee einer Einladung nach China finden? Es würde sie nicht tangieren, was wäre der Sinn, den weiten Weg, wofür, man hatte ja hier vor Ort genug zu tun. Und wahrscheinlich wüsste auch kaum jemand in China von der Existenz oder der geographischen Lage Albaniens. Was sollte man den Menschen im zwischenzeitlich reichen und modernen China übermitteln?

Changs gut gemeinte Idee lehnte Zamir nicht direkt ab, sah aber auch keinen Grund, sich weiter damit zu beschäftigen. „Vielleicht später einmal", sagte Zamir, wenn er zu viel Geld kommen sollte, in Rente sei und sich ein kleines Zeitfenster ergeben würde, bevor die Enkel kommen, um die man sich nicht kümmern musste, sondern durfte. Dann würde er vielleicht Reisen in andere Länder unternehmen, da er sich sehr für andere Kulturen und Ideen interessierte. Aber der Gedanke daran jetzt, mitten in der Zeit, in der man hier gebraucht wird, seine Arbeit kurz einmal zu verlassen und nach China zu verlegen, konnte ihn nicht einmal im Ansatz überzeugen. Chang fragte sich, ob das falsche Bescheidenheit sei, jedenfall könne er das nicht nachvollziehen. So fragte er Jetmir, ob diese Zurückhaltung Folgen des jahrzehntelangen Eingeschlossenseins und des Kommunismus wären. Jetmir entgegnete scharf: „Nein! Dann wären die Menschen ja in gewisser Weise unmündig, was keiner von uns ist." Chang verstand einfach nicht, dass diese so geerdeten und mit sich im Reinen befindlichen Menschen vielleicht wenig Interesse daran hatten, die surreale Welt einer Millionenmetropole in China überhaupt, und noch weniger im Rahmen einer Show, kennenzulernen.

Zamirs Farm war wieder so ein Ort, an dem ich mich sofort heimisch fühlte, so als hätte ich hier in einem vorangegangenen Leben selbst gelebt. Ein Ort, den ich nicht verlassen wollte. Lag es daran, dass wir uns über die Zeit von dieser Art des Leben und Denkens entfremdet haben, sodass wir es jetzt intuitiv als Heimat empfinden? So wie ein rebellisches Kind, das auszieht, exzessiv seine Erfahrungen in der Welt sammelt und dann den Moment genießt, wieder bei Mutter und Vater am Tisch zu sitzen, am Ursprung, der Quelle seines Lebens? Wir bewunderten Zamir und viele andere Personen in Albanien für etwas, was sie nicht verstehen konnten und selbst nicht als bewundernswert, sondern einfach als normal und natürlich empfanden. Waren das Land und die Menschen hier tatsächlich so etwas Besonderes, dass man ihnen beim Sprechen über ihre Ansichten und die Art zu leben an den Lippen hing? Oder haben wir uns tatsächlich in einem schleichenden Prozess vom Ursprung und Sinn des Lebens entfernt?

„Die wahre Lebenskunst besteht darin, im Alltäglichen das Wunderbare zu sehen", so treffend formulierte es einmal die amerikanische Schriftstellerin Pearl S. Buck. So kann man es vielleicht auch beantworten.

Das Galadinner

Unser zu Beginn unglückliches Timing mit dem Besuch Albaniens im Dezember, hatte auch etwas Gutes. Es gab genau in dem Zeitraum in Tirana ein Galadinner im Präsidentenpalast, organisiert vom Tourismus-Ministerium und kulinarisch ausgeführt von Fundim. Das Thema des Abends war der Tourismus Albaniens und die Auszeichnung von Personen, die sich um dieses Thema herum verdient gemacht hatten. Oft gehen Galadinner mit etwas Aufgesetztem und Anstrengendem einher, was aber nicht für dieses Galadinner im Präsidentenpalast von Tirana zutreffen sollte.

Wie immer waren wir auch hier circa 20 Minuten zu spät losgefahren, was für albanische Verhältnisse deutlich im Toleranzbereich liegt. Aber mir schienen die 20 Minuten bereits viel zu spät für den Besuch im Präsidentenpalast zu einem Galadinner. Lässt man uns noch rein, verpassen wir etwas, was sollen die anderen Gäste denken, wenn wir zu spät zu so einer ehrenvollen Veranstaltung kommen?, so drehten sich meine Gedanken wieder einmal.

Der Präsidentenpalast von Tirana liegt etwas außerhalb der Stadt auf einem waldigen Hügel und ist über eine Art Stadtautobahn zu erreichen. Mitten auf dieser Stadtautobahn parkte auf dem Standstreifen ein Fahrrad mit einer integrierten Popcorn-Maschine und einem Verkaufsstand. Trotz meiner Sorge über unsere Verspätung hielt Jetmir einfach den Wagen an, machte die Warnblinkanlage an, ging zu dem mobilen Popcorn-Stand und unterhielt sich circa 10 Minuten, die sich wie 30 Minuten anfühlten, mit der älteren Dame, die hier im Dunkeln auf der Stadtautobahn Popcorn herstellte und verkaufte. Es wirkte so, als sei sie mit ihrem Fahrrad und der Popcorn-Maschine einfach vom Himmel gefallen und zufällig hier gelandet. Was sie jedoch nicht davon abhielt, gleich pflichtbewusst ihrer Arbeit nachzugehen, Popcorn zu produzieren und das eben hier auf dem Standstreifen der Stadtautobahn zu verkaufen.

Bedenkt man, dass die Verkehrsregeln in Albanien nur einen theoretischen Charakter haben und, wie bereits gelernt, die Markierungsstreifen auf der Straße nur zur groben Orientierung und freien Interpretation dienten, kam mir der grausame Gedanke, wie lange die ältere Dame hier wohl noch Popcorn verkaufen würde, bevor man sie, und im Moment auch Jetmir, überfahren würde.

Jetmir und der Dame schienen solche Gedanken fremd. Sie unterhielten sich ganz entspannt, als wären sie im Sommer in einem Park auf einer grünen Wiese unter Bäumen. Nachdem sie ihr entspanntes und fröhliches Gespräch beendet hatten, kam Jetmir mit vier Popcorn-Tüten wieder zum Auto, entspannt, als ginge er im Park auf seine Decke zurück. Endlich im Auto, an diesem kalten Winterabend, angekommen, machte sich der Geruch von warmem Popcorn breit. Wie hier üblich, war das Popcorn salzig, was Chang zu der Frage veranlasste, ob es auch süßes Popcorn gab. Jetmir bestätigte es und wollte sich sofort auf den Weg machen, um für Chang süßes Popcorn zu holen.

Da das aber eine weitere Verspätung zur Folge gehabt hätte sowie das Risiko von Jetmirs frühzeitigem Tod, zog Chang schnell seine Frage zurück und Jetmir blieb sitzen. Anstatt jetzt aber gleich loszufahren, beschloss Jetmir, das Popcorn in Ruhe im noch immer im Dunkeln und auf dem

Standstreifen der Stadtautobahn stehenden Auto zu essen. Ich fragte mich unsicher, bei welchem der nächsten Griffe in die Popcorntüte uns von hinten ein anderes Auto auffahren würde, und wir durch den Aufprall auch die Popcorn-Verkäuferin mit unserem Auto erfassen würden. Nach albanischer Logik wäre das Positive daran, dass wir die Wucht des ersten Aufpralls auf uns und somit von der sympathischen älteren Popcorn Verkäuferin genommen, und ihr damit wohl das Leben gerettet hätten.

Um mich von diesem nicht ganz unwahrscheinlichen Szenario abzulenken, fragte ich Jetmir, ob er die Frau eigentlich kannte, was er mit vollem Popcorn-Mund verneinte. Nachdem der Mund leer war, seine Hand aber bereits wieder in die Popcorntüte griff, fragte er mich erstaunt: „Warum fragst du?" „Ich dachte nur aufgrund der Länge des Gesprächs und der Vertrautheit", antwortete ich. Seine Antwort machte mich nachdenklich. „Vertrautheit ergibt sich nicht zwangsläufig daraus, dass man eine Person kennt. Es gibt auch Personen, die man bereits sehr lange kennt, zu denen man aber kein vertrauensvolles Verhältnis hat", meinte Jetmir. „Und worüber habt ihr gesprochen?" „Na, über unseren bevorstehenden Besuch beim Galadinner im Präsidentenpalast, der die Popcorn-Verkäuferin sehr interessierte."

Nachdem das geklärt war und wir uns von der Gefahrenstelle eines möglichen Auffahrunfalls entfernen konnten – dafür aber auch wieder die sympathische ältere Popcorn-Verkäuferin allein ihrem Schicksal und der ungebremsten Wucht eines möglichen Aufpralls eines anderen Fahrzeuges überlassen hatten –, war unsere Verspätung bereits auf 40

Minuten angewachsen. Trotzdem waren wir immer noch mit die ersten Gäste dieses Abends.

Den Präsidentenpalast sowie die Herrichtung des Saals und der Tische fand ich sehr beeindruckend. Einzig dass an diesem Abend für so viele Menschen, aus welchem Grund auch immer, nur jeweils zwei Herren- und Damen-Toiletten zur Verfügung standen, passte für mich nicht ins Bild. Es verursachte später sehr lange Schlangen vor den Toiletten, hier beunruhigte das allerdings niemanden und keiner kam auf die Idee einer Beschwerde. Die Schlange bot eine Gelegenheit, sich mit dem austauschen zu können, der zufällig vor oder hinter einem stand. So wie Jetmir und die Popcorn-Verkäuferin sich kennenlernten und miteinander austauschten.

Da solche Erstkennenlerngespräch in Albanien mindestens 10 Minuten dauern, spielte die Wartezeit vor der Toilette keine negative Rolle. Wie es mit Sicherheit in Deutschland der Fall gewesen wäre, wo man sich zwar in Kürze durch die Beschwerde dieses unhaltbaren Zustands hätte kennengelernt, sich aber dann nicht miteinander unterhalten, sondern sich gegenseitig in diesen einen Punkt des doch sonst so wundervollen Abends sinnloserweise hineingesteigert hätte.

Wie bei einem Galadinner üblich, wurden auch hier Menschen ausgezeichnet, über Geschafftes und neu zu Erschaffendes berichtet sowie gut gegessen. Später – wie auch bei anderen Galadinner üblich – folgten Musik und Tanz. Protokollarisch war somit alles identisch mit dem, was ein Galadinner in China, den USA, Deutschland oder wo auch immer auf dieser Welt zu bieten hatte. Der große Unterschied lag im Timing der einzelnen Abschnitte. Das albanische Galadinner begann 1,5 Stunden später als geplant und führte eine Stunde früher zu einer vollen Tanzfläche und lauter Musik. Wie war das möglich? Ganz einfach, indem man in Summe ebenso viele Menschen auszeichnete, über genauso viele Projekte sprach und auch viel aß und trank wie auf anderen Galadinners dieser Welt, aber eben diese Punkte sehr viel schneller und effizienter abhandelte. Warum eigentlich, wo man sich doch in Albanien für alles und jeden so unendlich viel Zeit nahm und keine Eile und Getriebenheit zu kennen schien? Ganz einfach, weil keiner es abwarten konnte, dass endlich die live vorgetragenen albanischen Volkslieder in maximaler Lautstärke ertönten und alle nun miteinander tanzen konnten, was die eigentliche Bestimmung dieses Abends war.

Wir hatten bei dem Galadinner vorgesehen, die Gäste für unsere Dokumentation zu befragen, so wie wir es bisher auch bei unseren Interviewpartnern gemacht hatten. Zeitlich dachte ich, es sei eine gute Idee, diese Interviews nach dem offiziellen Teil und nach dem Essen durchzuführen, also in dem Moment, wo die Stimmung eines normalen Galadinners abebbt, die Gäste sich nur noch bedingt selbst entertainen können, die Höflichkeitsgespräche mit den fremden Tischnachbarn keinen Stoff mehr bieten und die Freude zum Tanzen noch nicht geweckt wurde.

Damit lag ich hier in Albanien leider vollkommen falsch. Genau in dem Moment, als die Musik einsetzte, entfesselte sich auch die Seele der Menschen, des Abends und des Landes Albanien. Wir versuchten dennoch unser Glück und fragten einen Gast, wie er die Seele Albaniens beschreiben würde. Er lachte nur und zeigte auf die mit voller Freude und fast schon in Ekstase tanzenden Menschen. Besser hätte die Antwort nicht sein können. Weitere Interviews waren an diesem Abend nicht möglich, sodass wir einfach die ausgelassene Stimmung genossen.

Mir fiel auf, dass die meisten Lieder an diesem Abend sehr oft das Wort Albanien enthielten und die Tanzenden dieses nochmals voller Freude wiederholten. Ich versuchte mir dieselbe Situation in Deutschland vorzustellen, also eine tanzende Masse, die immer wieder Deutschland, Deutschland rufen würde und dabei ausgelassen tanzt. Das rief bei mir sofort ein sehr negatives und beängstigendes Gruseln hervor. Hier fehlte das Negative.

Ich fragte Jetmir, warum es hier keinen negativen Touch hatte. „Weil Albanien ein Land ist, das jahrelang verschlossen war, mit keinen anderen Ländern oder einer anderen Religion Konflikte hatte und sich daran auch bis heute nichts geändert hat. Es geht also keine Gefahr von meinem Land und seinen Menschen aus!" Irgendwie hatte er recht. Der nationalistische Touch war zwar sehr dominant, jedoch empfand ich ihn hier nicht negativ oder beängstigend. Ich konnte mich mit den Menschen freuen.

Steve kam nach Jetmirs Aussage zu der Erkenntnis, dass man das doch allen Ländern dieser Erde als Zielsetzung aufgeben solle. Die Masse singt und wiederholt immer wieder den Namen des eigenen Landes, und die Zuschauer aus anderen Ländern bekommen dadurch keine negativen oder beängstigenden Gefühle. Die Länder, denen das gelingt, werden, in welcher Form auch immer, von der Weltgemeinschaft belohnt. „Oh, wie bekannt und reich wäre Albanien dann in der Welt", meinte Jetmir. Oder auch, wie es ein albanisches Sprichwort formuliert: *„Die Bürger müssen das Land ehren, nicht umgekehrt."*

Auf dem Rückweg fuhren wir die gleiche Strecke über die Stadtautobahn, nur eben in die andere Richtung. Chang sah von Weitem am Straßenrand wieder das Fahrrad mit der Popcorn-Maschine. Es war kein anderer Popcorn-Verkäufer, sondern die Frau von vor fünf Stunden. Jetmir hielt wieder an, stieg aus, sprach diesmal echte 30 und gefühlte 60 Minuten mit ihr. Dann kam er mit vier Popcorntüten zurück, die auf gleiche Art durch Geruch und Wärme die Atmosphäre im Auto, in dieser kalten Winternacht, zurück in den Sommer im Park brachten, nur diesmal noch etwas realistischer als vor fünf Stunden.

Warum? Weil er diesmal vier Tüten süßen Popcorns mitgebracht hatte und es draußen 10 Grad kälter waren.

Aber warum stand die Frau fünf Stunden später auf der anderen Seite der Autobahn, obwohl die Anzahl der Fahrzeuge auf beiden Straßenseiten noch immer die Gleiche war? Ganz einfach, sie wollte wissen, wie das Galadinner im Präsidentenpalast war. Hatte sich Jetmir hier mit ihr auf der anderen Straßenseite fünf Stunden später verabredet? Nein. Sie tat es von sich aus. Aber woher sollte sie wissen, ob wir hier wieder vorbeifahren, sie wiedererkennen und anhalten?

„Intuition", sagte Jetmir, was uns gleich wieder in Richtung schicksalhafte Begegnung denken ließ, und bevor ich es weiter interpretieren könnte, fügte Jetmir hinzu: „Was hätte sie schon verloren, wenn wir nicht noch einmal angehalten hätten?", und lachte. Das war Albanien und seine

Menschen! Nach außen hin geheimnisvoll und nach innen einfach nur pragmatisch. Die Antwort blieb dem Betrachter selbst überlassen.

Buntes Tirana

Obwohl es bereits sehr spät war, wollte ich an diesem Abend noch nicht schlafen. Irgendetwas zog mich nach draußen. Daher lief ich ziellos zwei Stunden durch die Nacht, einfach so, ohne Sorgen, was mir wohl zustoßen könnte.

Nun hatte ich endlich Zeit, diese am Tag sehr belebte Stadt einmal in Ruhe wahrzunehmen. Tirana ist für seine vielen Street-Art-Bilder an Hauswänden, in klein und groß, an bekannten und unerwarteten Stellen bekannt. Das in der Vergangenheit so düstere und triste Tirana soll einmal die bunteste Hauptstadt der Welt werden, eine Hauptstadt, die überrascht und Freigeist versprüht. Für ein Land, das so viele harte Jahre hinter sich hat, ist auch der wahrhafte albanische Geist im modernen Tirana zu erkennen.

Man könnte erwarten, dass es von grauem Beton dominiert wird, aber es gibt eine Menge Grünflächen und natürlich viel Farbe. Die farbliche Gestaltung der Fassaden unterliegt keiner Behörde oder der Orientierung an den benachbarten Fassaden. Nein, man ist als Hausbesitzer tatsächlich in der Lage, und wird sogar dazu aufgefordert, sein Haus nach eigener Vorstellung, aber vor allem farbenfroh zu gestalten. Die Inspiration hinter dieser Neuerfindung der Stadt, die bereits Einzug in andere Städte und sogar Dörfer

Albaniens hält, stammt von Edi Rama. Als Maler und Politiker war Rama elf Jahre lang Bürgermeister von Tirana. Obwohl einige ihn dafür kritisiert haben, dass er Infrastrukturfragen und anderen Dingen nur wenig Aufmerksamkeit schenkte, sind sich die meisten darin einig, dass die Auswirkungen einer lebendigen Stadt die Menschen motivieren und zu noch mehr Veränderungen inspirieren können. Wie gut, wenn ein Politiker keine Angst vor natürlichen Veränderungen hat und diese sogar von den Menschen einfordert, wissentlich, dass diese Veränderungen auch ihn eines Tages treffen und überflüssig machen könnten. Das erschien mir als der wahrere Dienst eines Politikers an seinem Land.

Erion und sein kleines feines Restaurant

Am nächsten Tag führte uns unser Treffen zu Erion – *was auf Albanisch unser Wind bedeutet* –, der im Herzen von Tirana ein kleines Restaurant betrieb, das bereits für viel internationale Aufmerksamkeit gesorgt hatte. Im Eingangsbereich des Restaurants stand auf einer Seite eine Mühle, mit der die unterschiedlichen albanischen Getreidesorten zu Mehl gemahlen wurden, dieses wiederum war die Grundlage für das eigene Brot und für die Teigwarengerichte im Restaurant. Auf der anderen Seite gab es einen kleinen Verkaufsstand für die Teig- und Backwaren des Restaurants, zu normalen Preisen für „normale Menschen".

Das klingt an sich nicht spektakulär. Wenn man jedoch bedenkt, dass Erions Restaurant zu einem der besten Albaniens zählte, und er Kandidat für den ersten Michelin-Stern Albaniens war, ist es doch bemerkenswert. Man stelle sich ein Sternerestaurant in Deutschland vor, in dem im Eingangsbereich eine Getreidemühle betrieben wird und links daneben ein Straßenverkauf für die Teig- und Backwaren, verkauft nur etwas über dem Selbstkostenpreis, um allen die Möglichkeit zu geben, den Spirit des Restaurants geschmacklich zu erfassen. Ja, ein Sternerestaurant hat hohe Kosten und muss seine Speisen dementsprechend teuer verkaufen, so geht es auch Erion. Das Brot, die Nudeln und die Backwaren bzw. Desserts kann man in Erions Restaurant zu einem recht hohen Preis essen oder sich diese eben auch am Eingang für einen Bruchteil des Preises kaufen und auf der Parkbank gegenüber genießen.

Ich fragte ihn, ob er darin keinen Widerspruch oder eine Untergrabung seines Geschäftes sieht. Wie so oft, machte ich auch hier die Erfahrung, dass meine Frage aus Sicht eines Albaners absurd war. Für Erion war es reine Freude, denen, die es sich nicht leisten konnten, in seinem Restaurant zu speisen, dennoch daran teilhaben zu lassen.

Erions Weg in die Küche fing Anfang der 90er-Jahre in London an, wohin er mit seinen Eltern geflohen war, und hier zuerst als Reinigungskraft in der Küche eines Hotels. Auf seinem Weg zur Arbeit lagen viele feine Restaurants und Erion fragte sich immer, wie es dort wohl schmecken würde, was die Essenzen dieser Restaurants sind, was sie ausmachten und was deren geschmacklicher Charakter sei. So, wie sich Erion aus seiner Kindheit daran erinnern konnte, wie es bei welchen Nachbarn im Dorf geschmeckt hatte, woran er seine Empfindungen und Erinnerungen knüpfte. Gern hätte er es auch in London getan, wenn auch nur mit ein, zwei kleinen Häppchen als Geschmacksprobe, um die Restaurants kennenzulernen. Die Einrichtung, der Glanz und der Glamour der Restaurants waren eben nur eine optische Wahrnehmung.

Nach Jahren in London und des sich Hocharbeitens als Koch in verschiedenen Küchen zog es Erion zurück in seine Heimat, wo er dieses Restaurant eröffnete, das die Seele Albaniens widerspiegeln sollte. Von Anfang an waren die Mühle und der Straßenverkauf Herzstück seines Konzepts. Steve fragte, was auch mich beschäftigte, ich mir aber verkniff, es auszusprechen: „Was ist, wenn die ‚normalen Menschen' mit der Qualität der Teigwaren nicht zufrieden sind?"

Sein Restaurant hatte zehn Tische und somit circa 100 Gäste am Abend. Durch seinen Verkaufsstand erhöhte sich die Zahl seiner Gäste auf circa 1.000 am Tag und somit um 900 potenzielle zusätzliche Kritiker. Was, wenn nur ein Teil davon durch kritische Bemerkungen den Ruf seines Restaurants beschädigen würden? Die Antwort von Erion beeindruckte uns. Er habe keine Angst vor der Kritik der Masse. „Die Masse ist für mich die Seele Albaniens, und wenn ich mich anmaße, in meinem Restaurant Speisen zu entwickeln und sie vor allem auch einem internationalen Publikum zu präsentieren, sollte es doch dem Maßstab aller entsprechen."

Das könnte man als echte Basisdemokratie in der Spitzengastronomie bezeichnen, zumal er auch all seine Rezepte öffentlich zugänglich machte.

Noch ein Hinweis dazu, Brot ist in Albanien etwas sehr Wichtiges. Wenn man sich trifft, fragt man zuerst: „Hast du schon Brot gegessen?" Nicht Frühstück, Mittag oder Abendbrot, sondern ob man schon ein gutes Stück Brot gegessen hat.

Erion selbst wirkte auf mich eher unscheinbar und etwas scheu. Obwohl er und sein Restaurant weltweit Beachtung fanden und die internationale Presse bereits über ihn berichtete, war es ihm nicht – wie manch anderem geehrten Koch dieser Welt – zu Kopfe gestiegen oder hatte sein Wesen geändert. Wie Erion uns heute gegenübertrat, so stellte ich mir ihn als 15-jährigen Tellerwäscher in London vor. Warum soll man sich auch verändern, wenn man mit sich im Reinen war und noch immer ist. Natürlich war er stolz auf die internationale Wahrnehmung und die Zeitungsartikel, die auch er eingerahmt im Restaurant hängen hatte, aber ich vermochte ihn nicht als Person damit in Verbindung bringen.

Wir fragten Erion nach seiner Sicht auf die Landesküche und was diese ausmacht, worauf er antwortete:

„In jedem Land verfügt die Landesküche über eine Datenbank und ihr Herz, die zu einer Zeit gehören, in der die Menschen am meisten gelitten oder in sehr armen Verhältnissen gelebt haben. Und genau das fördert die Kreativität und zwingt einen, das zu verwenden, was man vor der Haustür findet. Wenn du viele Zutaten hast, wirst du verwöhnt.

Die Landesküche zu aktualisieren, bedeutet nicht, den Geschmack zu verändern. Der Ort, an dem du dich befindest, sagt dir, was gegessen werden kann. Warum also Shorts im Winter tragen? Der Kürbis ist da. Also müssen wir ihn willkommen heißen und eine Beziehung zu ihm aufbauen. Wir müssen den Kürbis respektieren, denn wir wissen, wie lange es dauert, bis er wächst, wie viele Leute an dem Kürbis gearbeitet haben. Du musst ein Jahr auf ihn warten. Anderenfalls nehmen wir einfach den Hörer ab, um etwas aus der Ferne zu bestellen, und verlieren dabei die Verbindung zum Land und zu den Jahreszeiten. Warum wollen wir auf den Mond fliegen, wenn wir nicht einmal mehr unsere Wurzeln kennen, die uns Kraft geben?"

Sich jedoch nur an den traditionellen Rezepten zu verbeißen, gefiel ihm auch nicht. „Vor 100 Jahren war ein anderer Schauplatz und die Erde gab einem weniger Vielfalt als heute. Gerichte sollte man nicht nur einem Land zuordnen. Warum sollen Spaghetti nur zu Italien gehören, und überhaupt, warum enden und verändern sich Küchen an Landesgrenzen? Es geht doch darum, das, was man an einem Flecken Erde, in einer Region findet, sinnvoll zu nutzen."

Erion erklärte es mit einer zusätzlichen geografischen und geschichtlichen Veranschaulichung: „Schaut euch bei Google eine Karte von Mittel- und Osteuropa vor 150, 100, 50 Jahren und heute an und legt diese nebeneinander. Ländergrenzen und Namen von Ländern ändern sich, aber das, was die Menschen dort über die Zeit anbauen und daraus kochen, ändert sich wenig. Warum soll man also Essen Ländern zuordnen?"

Alle diese Gedanken, die aus Erion nur so heraussprudelten, haben wir aufgenommen, ohne sie zu hinterfragen oder einzuordnen. Auch wenn es sehr viele Gedanken waren, deren Logik ich vielleicht nicht sofort folgen konnte, empfand ich es als Luxus, uns hier nicht einmischen zu wollen oder zu müssen.

Um es nicht ganz so einseitig wirken zu lassen, fragte ich Erion: „Was ist dir aktuell wichtig, was sorgt dich in Albanien aktuell und was würdest du gern ändern?" Erion fiel dazu sofort etwas ein, was ihm viel bedeutete. „Warum gibt es an Schulen kein Unterrichtsfach zum Thema Ernährung? Einige Kinder kennen das neueste I-Phone genau, aber können noch nicht einmal alle wesentlichen Gemüsearten am Aussehen erkennen und nach ihren Geschmäckern beschreiben." Er wünschte sich ein Unterrichtsfach „Ernährung", das sich mit Pflanzen und Tierarten beschäftigt, die verschiedenen Arten von Landwirtschaftssystemen, internationale und ökonomische Zusammenhänge vom Lebensmittelhandel und Subventionen beleuchtet, die Wirkung von Nahrungsmitteln auf unseren Organismus erklärt, die Auswirkungen von Massentierhaltung und industrieller Landwirtschaft auf unser Ökosystem und uns selbst das Kochen als Handwerk lehrt. Natürlich haben Lehrpläne an Schulen begrenzte Kapazitäten, aber warum sei man nicht in der Lage, all die für unser Leben so wichtigen und elementaren Themen in einem Unterrichtsfach zu unterrichten, und wenn nötig dafür von anderen Fächern etwas Ressourcen zu kürzen?

In einer Zeit, in der wir oft aus Unwissenheit über all diese Aspekte und ihre Zusammenhänge unserem Ökosystem und eigenem Körper Schäden zufügen, sollten wir dafür mehr Raum für Bildung schaffen. Wir beschäftigen unsere Kinder doch auch mit der letzten mathematischen Abhandlung, dem Wissen über die zehnte Gesteinsschicht, den komplizierten Formeln in der Chemie und den detaillierten historischen Gegebenheiten aus dem 14. Jahrhundert.

„Was ist deine Lebensphilosophie", fragte ich noch. „Man muss sehr hart arbeiten, und vielleicht bekommt man eines Tages das zurück, was man investiert hat, aber auch nur vielleicht. Mehr Ansprüche sollte man nicht haben", antwortete er, stand auf und bat uns – ohne Kamera –, gemeinsam zu essen und das Zusammensein miteinander einfach zu genießen.

Lake Koman

Lake Koman war ein Ort, den wir über die Google-Bilder-Suche und Albaniens Natur gefunden hatten. Auf den Bildern sah es dort wunderschön aus, deshalb wollten wir unbedingt hin. Der Lake Koman ist ein riesiger Stausee, der sich kilometerlang zwischen Bergen und Schluchten der albanischen Alpen hinzieht. Vom Anfang bis zum Ende dieser Stauseeschlucht verkehrt eine kleine Auto- und Personenfähre, die für die atemberaubende Strecke drei Stunden benötigt. In diesem Fall kann man sagen, leider nur drei Stunden. Auf der Mitte des Weges liegen an den Berghügeln einige sehr kleine Dörfer, die wie aus einem anderen Jahrhundert wirken. Dort wollten wir unbedingt Menschen treffen, die seit einer Ewigkeit und über mehrere Generationen hier leben.

Der Abfahrtspunkt der Fähre war nur durch einen langen einspurigen Tunnel mit unkontrolliertem und nicht einsehbarem Gegenverkehr erreichbar. Mir stellte sich die Frage, wie sich das regelte und was passierte, wenn sich hier zwei Autos begegnen. Als ich Jetmir danach fragte, entgegnete er: „Gab es eben bei unserer Tunneldurchfahrt Probleme?" „Nein." „Warum sorgst du dich dann?" Darauf fand ich keine Antwort. Im Zen heißt es, *wir finden keine Antworten, wir verlieren die Fragen*. Eine schöne Weisheit, die ich oft auf Kalendersprüchen, in Zeitungen gelesen habe, aber bisher wahrscheinlich nie richtig verinnerlicht hatte. Einsicht und Umsetzung sind immer noch zwei verschiedene Dinge.

Weiter gefragt habe ich nicht, aber die Frage blieb unbeantwortet in meinem Hinterkopf. Und genau das ist es wahrscheinlich, was uns in den Wahnsinn treibt. Sorgen über Sorgen und Fragen über Fragen. Vieles Kleine ergibt in Summe etwas Großes oder wie mein Vater immer sagte, *die größten Hürden im Leben sind Berge aus Sandkörnern*. Die im Hinterkopf gespeicherte nicht beantwortete Frage zur Tunneldurchfahrt reihte sich an weitere 3865 nicht ganz beantwortete, aber wahrscheinlich in Summe völlig irrelevante Fragen ein. Dieses irrelevante Gebräu im Hinterkopf lässt uns nie vollkommen entspannen und nagt beharrlich an unserer so begrenzten Substanz aus Lebenszeit und noch viel schlimmer an unserer Lebensqualität. Weshalb eigentlich?

Mit der Fähre machten wir uns auf den Weg zu einem sehr kleinen Dorf in der Mitte der Strecke. An der Anlegestelle wartete ein strahlender Junge namens Bekim – *was auf Albanisch der Gesegnete bedeutet* – auf uns, der circa 12 Jahre alt war. Er erinnerte mich an den Fußballspieler Bale von Real Madrid, nur eben als 12-Jähriger. Bekim führte uns den sehr schmalen Weg an einem Abhang entlang hinauf zu seinem Dorf. Nach 30 Minuten oben im Dorf angekommen, das nur 12 Häuser hatte, hatten wir das

Gefühl, in einer anderen Zeit angekommen zu sein. Da das Dorf nur über das Wasser erreichbar war, gab es keine Straßen für Autos oder irgendetwas anderes, was einen erkennen ließ, in welchem Jahrzehnt oder Jahrhundert man sich befindet. Passend dazu fiel Jetmir das albanische Sprichwort ein: *„Ein Dorf, das man sieht, braucht kein Ortsschild."*

In Hof und Garten des Hauses, in dem wir zu Gast waren, lebte ein großes Schwein mit mehreren kleinen Ferkeln, die sich frei und demokratisch wie alle Familienmitglieder um das Haus herum bewegten. Der Gedanke, dass wir mitten in der Natur, ohne jegliche Verbindungen zur Außenwelt – außer der einmaligen Fährverbindung pro Tag – waren, empfand ich als grandios, wie in einem Vakuum aus Raum und Zeit. Alle meine regulären Alltagsgedanken und permanenten Zukunftssorgen drangen nicht mehr bis hierhin durch, so wie ein Telefon, das sich im Funkloch befand. Wir nahmen erst einmal Platz bei Bale, seiner Mutter und ihren vier Töchtern. Der Vater war noch nicht da, er sei noch unterwegs und komme dann später zum gemeinsamen Abendessen, erklärte uns die Mutter.

Von der Umgebung und der scheinbaren Reise in eine andere Zeit waren wir so beeindruckt, dass uns Hunderte neuer Fragen über deren Leben hier in den Kopf kamen. Meine erste spontane Frage war typisch für uns, die in einer anderen Welt lebten. „Was machen die Menschen hier, wenn sie Zahnschmerzen haben?" Jetmir verdrehte die Augen, und meinte: „Man wartet ab, ob die Schmerzen vorübergehen, und wenn nicht, spült man den Mund mit Alkohol aus und legt sich ein Nelkenblatt in den Mund. Wenn das immer noch nicht hilft, macht man sich auf den Weg zum Zahnarzt. Also wahrscheinlich wie in jedem anderen Land der Welt auch." Chang fragte nach: „Aber wo finden sie hier den nächsten Zahnarzt?" „Hier nicht, sondern in der nächstliegenden Kleinstadt, die sie in circa 12 Stunden erreichen, wenn es kein Winter mit Schnee ist." „Und im Winter mit Schnee?" „In circa 16 Stunden." Also alles in allem nicht anders als bei uns, nur eben mit Zeitverzug.

Nächste Frage: „Wo gehen die Kinder zur Schule und wie kommen sie dahin?" „In einem Dorf in der Nähe, das die Kinder zu Fuß in zwei Stunden erreichen." „Und im Winter mit Schnee?" „In drei Stunden." „Wie meistern die Kinder diesen langen und einsamen Weg zur Schule, und kommt dabei keine Einsamkeit oder Langeweile auf?", wollte Chang wissen. „Einsam sind sie nicht, sie haben ja die Natur und andere Kinder als Begleiter. Und Langeweile kann ja nicht aufkommen, sie laufen ja durch herrliche Natur. In Summe pro Tag, allein nur durch den Schulweg vier Stunden in der Natur, mit Bewegung und ungestörtem Gedankenaustausch untereinander, ohne elektronische Ablenkung, das konnte Chang kaum fassen. Deshalb fragte er noch: „Was ist, wenn einem Kind auf dem Weg etwas passiert?" „Dann helfen ihm die anderen Kinder, oder sie holen Hilfe aus dem nächstgelegenen Dorf." Wir merkten auch hier sehr schnell, dass unsere Fragen irgendwie albern und eigentlich keine Fragen waren, sondern eine Reflexion unserer eigenen unbegründeten Ängste aus unserem von der Realität entfremdeten Leben.

Die einzige substanzielle Frage, über die wir noch lange philosophierten, war, ob Bekim hier seiner Möglichkeiten im Leben beraubt würde. Bekim schien alles zu haben, er war aufgeweckt, intelligent und beherrschte den Fußball, als klebe der Ball an seinem Fuß. Würde er hier in seinem Dorf bleiben, würde er wohl nur noch zwei Jahre zur Schule gehen und dann den Hof seines Vaters übernehmen. Wäre er an einem anderen Ort der Welt, könnte sein fußballerisches Talent erkannt und gefördert werden. Die Schule würde er volle 12 Jahre besuchen und dann etwas Vielversprechendes studieren. Er könnte die Welt bereisen, und sich, wie auch immer, selbst verwirklichen. Im Anschluss würde er vielleicht nach etwas streben oder einer Illusion hinterherlaufen, so wie ich es in meinem bisherigen Berufsleben tat.

Aber muss das so sein oder wäre Bekim vielleicht einfach smarter als ich und würde nach dem Studium nicht in einem großen Unternehmen anfangen und dort kleben bleiben? Vielleicht würde Bekim auf diesem Weg sein Strahlen in den Augen verlieren, oder aber, er würde andere mit seinem Strahlen anstecken und selbst noch mehr strahlen, vor Freude, die Welt kennenzulernen und anderen etwas schenken zu können. Wenn er hierbliebe, würde ihm zumindest garantiert sein Strahlen und seine Freiheit nicht verloren gehen, auch wenn man ihm hier seiner weiteren Möglichkeiten berauben würde. Darüber diskutierten wir später noch stundenlang, ohne dass wir uns eine endgültige Meinung bilden konnten. Aber warum versucht man sich auch ständig eine Meinung über andere machen zu wollen? Alles Theorie und irrelevante Philosophie, so fasste es Jetmir dann zusammen, was ich nicht ganz teilen mochte, da Bekim die Welt hätte offenstehen können, mit welchen Konsequenzen auch immer.

„Was kochen wir hier eigentlich gemeinsam?", wollte Steve wissen. Fisch, Kartoffeln und Gemüse. Fisch aus dem

See, wofür sich Bekim mit einer Angel wieder auf den Weg nach unten zum See machte. Kartoffeln vom Sommer aus einer dunklen Kammer und Gemüse aus Gläsern, eingekocht aus den Erträgen aus dem eigenen Garten im Sommer. Eines der Schweine würde erst in zwei Wochen geschlachtet, erklärte uns die Mutter. Wenn wir wollen, könne man es auch uns zu Ehren schon heute schlachten, was wir dankend ablehnten. Wir wollten wissen, wie sie die traditionelle albanische Küche und Rezepte zubereitet. „Dazu gibt es nichts Spektakuläres zu berichten oder zu zeigen. Wie gesagt, frisch gegrillte Fische, Kartoffeln und Gemüse, noch verfeinert mit getrockneten Kräutern. Also alles das, was wir vor unserer Tür finden." Einfach unspektakulär, aber dennoch spektakulär im Geschmack. Der Gedanke, dass alles direkt von hier vor Ort kam und wir die Mühe und die Personen hinter der Zubereitung kannten, ließ es dann noch besser schmecken.

Es fehlte nur noch der Hausherr, der Vater von Bekim, Admir – *was auf Albanisch der Bewundernswerte bedeutete.* Wann er nach Hause kommen würde, fragte ich. Alle zuckten mit den Schultern. Wo er sei? Auf Arbeit. „Was arbeitet er?", fragte Chang, da der Hof von der Frau und den Kindern bewirtschaftet wurde. Er sei der Doktor. Aber nicht in dem Sinn, wie wir es vermuten würden. Er war der selbst ernannte Tierarzt aller umliegenden Dörfer. Seine Fähigkeiten hat er auf keiner Schule oder Universität gelernt. Er hat diesen Beruf von seinem Vater geerbt, wie bereits sein Vater dies von seinem Vater.

Admir kam irgendwann von irgendwo aus dem Nichts und stand mit leuchtenden Augen – ein Erbgut in dieser

Familie, wie mir schien – vor uns und begrüßte uns mit einem langen und festen Händedruck, setzte sich an den Tisch und wurde fröhlich von seinen Kindern empfangen und umarmt, so, als sei er ein Astronaut, der wieder gesund auf der Erde gelandet war.

Nachdem wir uns kennengelernt, gemeinsam gegessen und getrunken hatten, fragte ich ihn, ob er mit seinem Leben zufrieden sei. „Ja, habt ihr so wenig Menschenkenntnis, dass ihr es nicht selbst seht?" Nächste Frage, ohne sich zu blamieren. Ob er sich nicht manchmal mehr Abwechslung im Beruf oder gar ein anderes Leben mit mehr Einflüssen und Chancen wünsche. „Nein, ich freue mich sehr, mich nur auf eins konzentrieren zu können, und nicht ein Leben vieler kleiner Briefkästen voller Ablenkungen führen zu müssen. Mich stören nicht nur die verschiedenen Inhalte der verschiedenen Briefkästen, sondern auch der Stress, immer die passenden Schlüssel zu finden, oder der Stress, wenn mal ein Schlüssel verloren ginge oder abbreche und die Post weiter die vielen unterschiedlichen Briefkästen fülle. Wer soll da noch den Überblick bewahren? Wie kann man daran Freude haben?" Ein sehr guter Vergleich, dachte ich. Wir wollen oft alles und können nichts richtig ausführen oder gar genießen. Wir machen uns selbst zu den Jongleuren eines Spieles, in dem wir uns, aus welchem Grund auch immer, immer mehr Bälle zuwerfen. Wozu? Um Außenstehenden zu imponieren, was wir alles händeln können, oder um für uns selbst herauszufinden, was uns liegt und uns Freude macht?

Admir drehte dann das Spiel um, indem er uns über unser Leben, unsere Träume, Wünsche und Sehnsüchte befragte. Nur konnten wir drei ihm keine so klaren und überzeugenden Antworten in ein oder zwei Sätzen geben. Unsere Antworten schienen immer eine Denkpause zu benötigen, um weiter ausholen zu müssen, um es differenziert und vergleichend zu betrachten. Die Antworten schienen so verstrickt, wirr und unklar, dass Admir es erkannte und uns wahrscheinlich aus Mitleid oder Langeweile nicht weiter befragte.

Ich dachte, ob die Menschen hier gezwungener sind, mit sich im Reinen zu sein, da es ja sonst nicht viel anderes gibt, was sie ablenken könnte?

Ein weiterer Nachteil unserer Welt mit den kleinen vielen verschiedenen und immer neu hinzukommenden Briefkästen war nicht nur die dadurch entstehende Verwirrung, sondern auch die Ausstrahlung, die wir auf andere Menschen, mit wahrscheinlich ähnlich vielen kleinen Briefkästen, hatten. Ganz ehrlich, will sich jeder noch mit mir unterhalten? Ich will mich zusehends auch nicht mehr freiwillig mit Leuten unterhalten, die verwirrt sind, weil sie Tausend Themen im Kopf haben. Wo fängt man an, worüber spricht man, in welches Thema taucht man ein, wie hängen die Tausend Themen miteinander zusammen? Kann man dieser Komplexität noch folgen oder gar Ratschläge geben? Wenn man ehrlich ist, wohl eher nicht. Das Ganze bildet dann einen wunderbaren Nährboden für das, was man Oberflächlichkeit nennt und über die man sich sehr gern selbst beschwert.

Jetmir verglich es einmal so: Die Albaner sind wie eine Mango, strahlend an der Oberfläche und süß im Geschmack, jedoch mit einem großen und harten Kern, den man nicht knacken kann, so wie man einen starken Charakter nicht ändern oder brechen kann. Hingegen verglich er manche Menschen aus der westlichen Welt, die mit sich nicht im Reinen waren, mit einer Kokosnuss. Außen hart und unnahbar, immer in Sorge, dass ein Strahlen nach außen Gefahr für sie selbst darstellen würde. Würde man jedoch lange genug auf die Schale einhacken, würden sie zerbrechen und all die Süße auf einmal hervortreten und die Frucht zerbrechen. Viel zu viel auf einmal, was keiner wollte, das nur noch schwer wieder zusammenzufügen und nicht mehr langsam genießbar wäre.

Was mir hier wieder auffiel, ich spürte die Zeit. Warum war das zu Hause nicht mehr so? Alles schien hier langsamer zu laufen. Jedem Moment und jeder Handlung schien noch ein kleiner extra Puffer an Zeit für deren bewusste Wahrnehmung beigefügt zu sein, oder anders gesagt, bei uns abhandengekommen zu sein.

Aus Angst, die Zeit nicht mehr wahrzunehmen oder sie kurz anzuhalten, versuchte ich mir oft vorzustellen, was ich genau in diesem Moment vor einem Jahr gemacht habe, und was waren meine Sorgen sowie Wünsche. Heute vor einem Jahr war ich gestresst von der Arbeit, eigentlich wie immer, auf dem Weg, Weihnachtsgeschenke zu besorgen. In dem Wort besorgen an sich liegt schon etwas Unangenehmes. Besorgen scheint kein Vorgang von Freude zu beschreiben, es beschreibt eher eine Pflicht, die es in Bezug auf die Weihnachtsgeschenke wohl geworden war. Warum kam ich nicht auf die Idee, es einmal langsam angehen zu lassen, in Ruhe durch die Stadt zu flanieren und für jede Person nur ein Geschenk zu suchen und nicht viele verschiedene Dinge zu besorgen, was so grauenhaft technisch klingt. Im Zusammenhang der Erinnerungen kam noch etwas hinzu, was den Vorgang des Besorgens weiter verschlimmerte.

Man traf einen Freund oder Bekannten und wurde aus der Kalten heraus gefragt, ob man schon alle Geschenke zusammen hat. Die Frage, wie es einem geht oder ob man nicht zusammen kurz einen Kaffee trinken möchte, um sich eine kleine Auszeit zu gönnen und kurz füreinander da zu sein, war nicht vorgesehen. Beantwortete man die Frage nach den Geschenken mit ja oder fast, bekommt man vom Gegenüber, das anscheinend auch noch pflichtbewusst Geschenke suchen muss, einen neidischen Blick. Wäre die Suche nach einem Geschenk etwas Schönes, würde man keine neidischen Blicke bekommen, sondern dafür bemitleidet werden, dass das Vergnügen schon beendet ist.

Woran erinnerte ich mich also vor einem Jahr? An Einkaufsstress, aber auch an überfüllte Weihnachtsmärkte und Mandarinen als ein Element der weihnachtlichen Stimmung. Hier, wieder im aktuellen Jahr, saß ich auf einem alten Holzstuhl, ein Schwein lief um mich herum, mitten in einer strahlenden Familie, umgeben von einer grandiosen Natur, links neben mir ein Mandarinenbaum und rechts ein Granatapfelbaum, mit noch Früchten an den Ästen. Die Mandarinen und Granatäpfel waren einfach noch am Leben, so wie alles hier ringsherum. Das Glück schien nicht nur zum Greifen nah, wir durften sogar kurz ein Teil davon sein.

Nach weiteren Verkostungen der unterschiedlichen Weine und des Rakis von Admir öffneten sich meine Gedanken und ich stellte mir die Frage, warum ich eigentlich diese Art des Lebens nicht wenigstens einmal in Betracht ziehe und es als Alternative wahrnehme, anstatt dem ewigen vorwärts, vorwärts, immer weiter Schritt um Schritt. Nach einer Antwort zu suchen, hatte ich dann aber in diesem schönen Moment keine Lust. Es würde noch ausreichend Zeit zum Nachdenken nach der Rückkehr unserer Reise geben. Lieber genoss ich an diesem Abend einfach das Gefühl der Freiheit und Lebendigkeit, so wie damals bei der Feier am Abschlussabend mit den Mitschülern meiner Abiturklasse. Nur der Moment zählte, und alles, was ab morgen anders, vielleicht nicht mehr so schön werden würde, hatte keine Chance, obwohl es nur ein paar Stunden entfernt war. Dass ich mich hier erstmalig wieder an das Gefühl meiner endenden Schulzeit erinnern konnte, machte diesen Moment noch unsterblicher.

Solche Momente versucht man vergebens festzuhalten, was mich an einen aus meiner Kindheit erinnern ließ. Während eines Sommerurlaubs am Meer gönnten sich meine Eltern ein Abendessen in einem Restaurant auf einem kleinen Hügel mit Blick auf das Meer. An diesem sternenklaren Abend im Freien spielte eine kleine Band den Song *Yesterday* von den Beatles. Hier spürte ich als Kind erstmalig die Unsterblichkeit eines Moments und den Wunsch, diesen für immer festzuhalten. Im Bann des erstmaligen Erlebens solch eines Moments brach ich einen kleinen blauen Plastikstreifen von der geflochtenen Stuhlunterlage ab. Ich bewahre diesen kleinen blauen Plastikstreifen bis heute in meinem Portemonnaie, im Glauben, mich dann immer an diesen magischen Moment erinnern zu können. Heute hier in diesem alten Dorf tat ich es wieder, hier auf dem Stuhl von Admir, mitten in Albanien. Auch diesmal brach ich ein kleines Stück von der geflochtenen Bambusauflage ab und war so glücklich, wieder so einem Gefühl, wie damals als Kind mit meinen Eltern am Meer, zu begegnen.

Das Bunker Hotel

Der Agritourismus ist relativ neu in Albanien. Das Land bietet dafür eigentlich die perfekten Voraussetzungen, jedoch gibt es in Albanien allgemein noch wenig Tourismus. An der Küste liegen einige Badeorte mit vielen Hotels. Aber im Landesinneren gibt es kaum Tourismus, außer den Touristen, die bewusst diese unberührten Gegenden besuchen. Man war sich bisher nicht sicher, ob das Konzept des Agritourismus auch hier erfolgreich sein könnte, da man für dieses Konzept vor allem die entfremdeten Städter als Gäste benötigt. Einer der Ersten, die so etwas in Albanien seit zwei Jahren sehr erfolgreich betreibt, war Hashim – *was auf Albanisch der Großzügige bedeutet* –, den wir unbedingt besuchen mussten.

Der Weg führte uns von Tirana an der Küste entlang und dann wieder ins Landesinnere. Über den Umweg der Küste wollten wir einem weiteren Phänomen Albaniens nachgehen, dem der 200.000 Bunker, verteilt im ganzen Land. Die Bunker sind Ausdruck einer Paranoia der ehemals kommunistischen Staatsführung, die immer in Sorge war, von irgendeinem anderen Land oder System angegriffen zu werden. Die ehemalige Führung des Landes hatte es geschafft, sich mit allen Nachbarländern, den Chinesen und sogar den Russen zu zerstreiten, und sich somit aus Angst in eine Art Selbstisolation begeben. Kein anderes Land der Welt hat so eine hohe Bunkerdichte. Die meisten sind aus Beton und schauen halbkugelförmig aus der Erde mit einem Durchmesser von circa sechs Metern und mit kleinen Sichtschlitzen ringsherum. Es gibt sie überall, in jedem Dorf, in jeder Großstadt, im Nirgendwo und wo auch immer man sie nicht erwarten würde, wie Pilze, die ohne System wachsen. Manche sind in einem schlechten Zustand, manche bunt angemalt und manche saniert, um darin Kunst auszustellen, Wein zu verkaufen oder irgendetwas anderes darin zu veranstalteten.

Auf unserem Umweg zu Hashim wollen wir Leutrim – *was auf Albanisch der geborene Held bedeutet* – besuchen, der um und über einem Bunker ein Hotel gebaut hat. Ausgehend von der erwähnten Paranoia in früheren Zeiten, war es den Albanern damals kaum erlaubt, ihre wunderschöne Küste zu besuchen, außer an einigen sehr wenigen streng kontrollierten Abschnitten. Leutrims Bunker steht direkt am Strand. Er lebte bereits als Kind in diesem Sperrgebiet und leistete hier auch seinen Militärdienst.

Der Bunker, um den er heute sein Hotel gebaut hat, war seinerzeit der ihm vom Militär zugewiesene Verantwortungsbereich zum Schutze dieses kleinen Landes vor dem Rest der Welt. Nach der kommunistischen Zeit kaufte Leutrim seinen Bunker und startete hier einen kleinen Verkauf von Essen und Getränke für die damals noch wenigen Strandbesucher. Über die Jahre vergrößerte er sein Geschäft, und die Gegend entwickelte sich zu einem der touristischen Hotspots an der Küste Albaniens. Leutrims letztes Investment war ein mittelgroßes und sehr stylisches Hotel mit dem Bunker im Herzen.

Das Gewölbe der Außenhülle war nun die Mitte des Restaurants und mit umlaufenden Holzplatten die Abstellfläche für das Buffet, für den albanischen Wein, das albanische Olivenöl und verschiedener Raki-Flaschen. Leutrim baute das Hotel so um den Bunker herum, dass es an einer Stelle, die vom Restaurant aus nicht sichtbar war, noch immer zwei Schlitze mit Sicht auf das Meer vom Inneren des Bunkers aus gab. Im Inneren standen ein alter Tisch, ein Stuhl, ein Eisenbett und ein Schrank – die originale Einrichtung.

Hotelbesucher konnten diesen Raum nur von 12 Uhr bis 18 Uhr besuchen. Warum die begrenzte Zeit, fragten wir Leutrim. „Ganz einfach, weil ich die Zeit von 18 Uhr bis 12 Uhr am nächsten Tag für mich reserviert halte", antwortete er. Was er denn in dem Bunker mache, der im Vergleich zu seiner eigenen Penthouse-Wohnung im Hotel keinen Komfort bot, fragten wir nach. „Gelegentlich schlafe ich hier, lese ein Buch und denke nach." Also all das, was er hier bereits getan hat, als dieses Gebiet noch Sperrzone und er Soldat war. „Aber du kannst doch sicherlich auch sehr entspannt in deiner Penthouse-Wohnung mit Meerblick diesen Dingen nachgehen?" „Ja, sicherlich kann ich das", meinte Leutrim, „aber erden kann ich mich eben nur hier im Bunker." Ob er denn oft hier sei, fragten wir, und er antwortete mit Ja. Er schlafe hier sogar öfter und besser als in seiner Penthouse-Wohnung. Chang wollte wissen, ob er denn viele Gründe habe, sich hier immer wieder erden zu müssen. „Nein", antwortete Leutrim, „eigentlich nicht, aber sich zu erden ist ja keine Medizin, die man nehmen sollte, wenn man bereits krank ist." Für ihn ist es der Genuss der Prophylaxe. Darüber hinaus fand es Leutrim prima, hier unten zu sitzen, mit dem weiterhin unverbauten Blick aufs Meer, genau wie vor 30 Jahren, und über ihm das Millionen teure Hotel und sein Vermögen zu fühlen, aber es nicht zu sehen, wie in seinen Träumen vor 30 Jahren. Alles Materielle sei in gewisser Weise sowieso nur eine Illusion, was man nicht mit ins Grab nehmen kann. Chang fragte ihn nun, was ihm mehr Freude bereitet, der Weg in den Bunker oder aus dem Bunker heraus, um zu sehen, was er doch alles erschaffen habe. Die Antwort kam blitzschnell und sehr überzeugend: nach unten in ihn hinein.

Nachdem wir uns von Leutrim verabschiedet hatten, machten wir uns auf dem Weg zu Hashim.

Hashims Welt

Irgendwo im Nirgendwo, wie so oft zutreffend für die Schätze, die man in Albanien finden kann, betreibt Hashim Altim ein Restaurant, ein kleines Hotel und die Produktion eigener Lebensmittel, wie Käse, Wurst, Marmeladen etc., beliefert von circa 300 lokalen Bauern aus dem Umland. Wie wir bereits gesehen hatten, ist die Landwirtschaft in Albanien sehr kleinteilig. Es gibt keine Großbauern, jeder bewirtschaftet sein sehr kleines Stück Land, spezialisiert auf etwas Besonderes. Die 300 Bauern lebten im Umkreis von maximal 20 Kilometern. Alle diese Bauern, die Hashim als Partner bezeichnete, waren die Jahre bevor Hashim das Restaurant eröffnete, wie er recht arm und meistens nur Selbstversorger. Den größten Stolz empfindet Hashim daher, dass er diesen 300 Bauern und den daran hängenden Familienangehörigen ein Auskommen geben kann.

Das Restaurant, die Zutaten, das Essen, all das hat zwischenzeitlich Sterneniveau. Dennoch hält Hashim die Preise sehr niedrig. So bezahlt man für ein Fünf-Gänge-Menü maximal 20 USD, was sicherlich für viele lokale Bauern nicht wenig ist, aber nichts im Vergleich zu dem, was man dafür geboten bekommt. Chang fragte ihn, was er anderswo für sein Menü verlangen könnte. Um die 80 USD. Warum er die Preise dann nicht erhöhe? „Wenn ich das täte, können es sich meine lokalen Partner und die Menschen in den benachbarten Dörfern nicht mehr leisten. Das würde mich sehr traurig machen. Nicht nur, dass ich durch meinen Betrieb Hunderte Menschen mit ernähre, biete ich den Leuten in den umliegenden Dörfern noch etwas anderes sehr Wertvolles, einen Besuch in meinem Restaurant. Die Leute gönnen sich einmal im Monat den Luxus, ziehen sich fein an und freuen sich lange zuvor auf ihren Besuch in meinem wunderschönen Restaurant, dort, wo sie ihre Produkte finden und die Seele Albaniens in einer stilvollen Umgebung erwacht."

Das war es, wovon Hashim bereits als Kind träumte. Sich mit der Familie einmal schick zu machen und in ein feines Restaurant mit Livemusik gehen zu können. Man muss sich an dieser Stelle darin erinnern, dass die Menschen hier früher bettelarm und von der Außenwelt abgeschnitten waren. Und genau diesen Traum erfüllte Hashim nun Hunderten Menschen durch sein Restaurant. Bei diesen Erklärungen wurden Hashims Augen feucht, und es bedurfte keiner weiteren Fragen oder Worte. Hashim hatte durch harte Arbeit das erreicht, was ihn von Herzen glücklich machte und darüber hinaus so vielen Menschen um ihn herum ein besseres Leben, Stolz und Freude bescherte. Im Grunde traf das genau den Punkt, den ich während meines bisherigen Berufslebens immer vergebens gesucht hatte und wovon ich mir wahrscheinlich nach ein paar weiteren Jahren im Unternehmen einreden würde, dass es so etwas nicht gibt.

Wir fragten Hashim, wie hart sein Weg bisher war. Die erste Zeit lief es sehr schlecht und nur von den Besuchern aus der Umgebung hätte er den Betrieb nicht auslasten und sich damit leisten können. Hashim war sich der anfänglichen nötigen PR für sein Restaurant hier auf dem Land bewusst. Nachdem erste Zeitungen über sein Lokal und sein Konzept berichteten, gab es in Tirana erstes Interesse von gelangweilten Städtern, hierher zum Essen zu kommen. Viele dieser Städter wollten als Erste innerhalb ihres Bekanntenkreises über ihre Erfahrung in diesem neuen Spot berichten. Wie Trophäenjäger auf Safari, denen es weniger um Genuss ging. Hashim kannte diese Zielgruppe und wusste um deren Bedeutung, daher wies er seine Kellner an, bei telefonischen Reservierungsanfragen die Plätze so zu verteilen, dass Städter mit einem hohen Bekanntheitsgrad erst Wochen später einen Tisch angeboten bekommen sollten, was bei ihnen oft zu Empörungen führte, die Hashim bewusst einkalkulierte.

Die für ihn wichtigste Person dieser PR-Maßnahme kam aus dem Kreis der weniger sympathischen Menschen.

Es war ein egozentrischer Minister, der über sein Büro einen Tisch bei Hashim reservieren wollte. Hashims Team erklärte ihm, sie könnten ihm einen Tisch in vier Wochen anbieten, obwohl das Lokal zu dieser Zeit nur zur Hälfte ausgelastet war. Dem egozentrischen Minister kam dieser vorgeschlagene Termin einer Demütigung gleich, sodass er selbst noch einmal im Lokal anrief, um die Wichtigkeit seiner Person zu unterstreichen. Aber auch das änderte nichts an dem späten Termin.

Den Minister ärgerte das so sehr, dass er im Freundeskreis und in den Medien seinen Unmut darüber kundtat, was Hashim weitere kostenlose Publicity brachte. Hashims Menschenkenntnis ließ ihn erahnen, dass der Minister dennoch eines Tages aus freien Stücken und ohne Reservierung das Lokal besuchen würde, einfach aus Prinzip und dem Glauben, dann vor Ort einen Tisch zu bekommen, wenn er, der Minister, erst einmal persönlich im Restaurant stehen würde. Für diesen Moment musste Hashim vorbereitet sein, und es durfte die nächsten vier Wochen kein Platz mehr unbesetzt bleiben. Er entschied sich daher, die leeren Plätze für die nächsten vier Wochen an Bauern und ihre Familien in der Umgebung zu verschenken, was hieß, dass sie nichts für ihr Essen und Trinken bezahlen mussten.

Hashims Menschenkenntnisse und seine Idee zahlten sich aus. Der Minister kam tatsächlich eine Woche später ohne Ankündigung und ohne Reservierung, dafür aber in Begleitung von ein paar nicht weniger narzisstisch veranlagten Menschen. Am Eingang erklärte ihm eine Kellnerin, dass man leider ausgebucht sei, was den Minister wie zu erwarten nicht davon abhielt zu glauben, dennoch einen Tisch zu bekommen. Er fragte nach dem Eigentümer, was zu Hashims großem Moment wurde. Wie er denn behilflich sein könne, erkundigte er sich höflich beim Minister, der, wie eine defekte Schallplatte, sein Anliegen wiederholte und die Bedeutung seiner Person und seiner Begleiter hervorhob. Hashim erklärte ihm, dass es leider, wie er selber sehen könne, keinen freien Platz gebe. Der Minister war daraufhin so erbost, dass er lautstark forderte, doch einen Tisch für ihn und seine Begleiter frei zu machen. Hashim fragte, ob das gerecht oder demokratisch wäre. Zwei Wörter, die das Aushängeschild der Partei des Ministers waren. Voller Wut und mit fehlender Selbsteinschätzung verließ der Minister Hashims Restaurant. Im Auto ließ er seinem Unmut freien Lauf, und publizierte später das für ihn Unfassbare medial. Das war das Ende des Ministers und der Anfang von Hashims Erfolg sowie der nun tatsächlich vollen Auslastung über Wochen hinaus. Jeder wollte ihn, den Rebellen, sein Lokal und sein Konzept kennenlernen. Eine bessere Publicity hätte er sich nicht wünschen können.

Die volle Auslastung blieb und die Wartezeiten verlängerten sich nochmals, denn sein Konzept hatte Qualität. Er führte die große Nachfrage auch auf die Form der lebendigen Demokratie zurück. In seinem Restaurant aß die „bessere Gesellschaft" in ihren neuen und teuren Kleidern, zusammen mit den „Bauern" der Umgebung in ihren alten, aber dennoch sehr gepflegten Sachen. Was auf uns wie ein Kontrast wirkte, war für Hashim nur ein weiterer Glücksmoment und die Erfüllung seines beruflichen Traums: Menschen aus unterschiedlichen „Schichten" an einen Tisch zu bringen. Menschen, die eigentlich gleich sind und nur durch ihre unterschiedlichen beruflichen Wege und Leben voneinander getrennt lebten.

Hashims kulinarische Leistungen haben schon längst internationale Aufmerksamkeit und Auszeichnungen mit sich gebracht. Nur fand ich die Auszeichnungen nirgends, weder an der Eingangstür noch irgendwo gerahmt. Eine weltweit bekannte Trinkwassermarke, die ähnlich dem Michelin-Stern international sehr begehrte Auszeichnungen verleiht, adelte auch Hashims gastronomische Einrichtung. Da in Albanien bisher noch kein Michelin-Stern verliehen wurde, war diese Auszeichnung sozusagen die höchste kulinarische Ehrung, die bisher einem albanischen Lokal verliehen wurde. Viele andere Köche und Restaurants, die international so eine Auszeichnung erhalten, platzieren den Aufkleber an die Eingangstür, hängen sich einen Bilderrahmen mit der Urkunde an die Wand oder sticken sich die Auszeichnung auf ihre Kochjacke.

Bei Hashim war es anders. Er erhielt die Auszeichnung, hatte aber kein Interesse, sich oder sein Lokal damit zu dekorieren. Es ging ihm um die Arbeit, die er den 300 Bauern gab, um die Freude, wenn diese bei ihm zum Essen kamen, und um die Demokratie in seinem Lokal. Erst wenn es für diese Taten eine Auszeichnung gäbe, würde er sie sichtbar machen. Aber eine Auszeichnung über die Qualität seiner Speisen, die aus seiner Sicht nur deshalb so gut waren, weil die Bauern sich die größte Mühe bei den Produkten gaben, vergeben durch eine Trinkwassermarke, deren Wasser vor allem aus Imagegründen in fast allen teuren Restaurants der Welt getrunken wird? Das schien ihm nicht wert, präsentiert zu werden. Hashim lehnte es sogar ab, deren Wasser zu servieren, wozu auch, wenn es lokales albanisches Quellwasser aus der Nähe gibt.

Das war dann Punkt Nummer vier, der eine berufliche Selbstverwirklichung ausmachen konnte: Charakter beweisen zu können und zu wollen. Mein Tun und Handeln im Unternehmen als intergalaktisch wichtiger Manager schien mir nun im Vergleich zu dem, was Hashim hier praktizierte, noch belangloser und weniger erstrebenswert, geschweige denn, dass es den Ansatz der Selbstverwirklichung innehatte.

Am Ende fragten wir Hashim nach seiner und einer typisch albanischen Lebensweisheit. Typisch Hashim und irgendwie auch für Albanien, antwortete er, er mag keine Weisheiten verteilen, und schon bestehende Weisheiten seien ja keiner Landesgrenze zuordenbar. Ihm persönlich hat immer der Gedanke des französischen Autors Jean Anouilh gefallen: *„Das Leben besteht aus vielen kleinen Münzen, und wer sie aufzuheben versteht, hat ein Vermögen."*

Lange Fahrt zurück nach Tirana

Auf der Rückreise nach Tirana hatten wir viel Zeit, uns über unsere Eindrücke der bisherigen Reise auszutauschen. Einer von uns warf ein Stichwort in den Raum und die anderen äußerten ihre Gedanken dazu, die trotz unserer verschiedenen Geburtsländer und bisherigen Lebenswege erstaunlich übereinstimmend waren.

Beisammensein, uns allen fiel auf, dass das die Zeit des gemeinsamen Kochens, in Anlehnung an das alte chinesische

Sprichwort *„der Weg ist das Ziel"*, Genuss bedeutet, und am Tisch alle gleich sind, es gibt keine Sitzordnung, alle müssen sich nur nahe und beieinander sein, das schien die goldene Regel.

Vorurteile über Albanien, es gibt relativ wenige Informationen über Albanien, und wenn, dann sind es meist Vorurteile aus der Ferne oder absolut positive Eindrücke, von denjenigen, die schon einmal hier waren. Wir wollten uns selbst ein Bild von dem verborgensten Land in Europa machen, es kennenlernen und nach der Seele des Landes, den Menschen, der Natur und ihrer Küche suchen. Das ist uns gelungen und hat all das übertroffen, was wir uns hätten vorstellen können. Wir fanden keine der bestehenden Vorurteile bestätigt.

Die Natur ist für die kleine Fläche des Landes enorm vielseitig, abwechslungsreich, zu großen Teilen unberührt und wunderschön.

Die albanische Küche ist das, was Land und Leute sind: ehrlich, unverändert, regional mit einem klaren und authentischen Charakter. Wenn die albanische Küche, wie zum Beispiel die italienische Küche, ins Ausland exportiert werden könnte, wäre sie aufgrund der fehlenden lokalen frischen Zutaten nicht das, was wir in Albanien vorfanden.

Die Menschen, egal welchen Alters, egal welcher Position – sie alle wirkten auf uns mit sich selbst im Reinen, zu wissen, was das Leben ihnen bieten kann und das Beste daraus zu machen. Eine innere Gelassenheit, mit Dingen, die nicht verändert werden können, ganz entspannt umzugehen und den Willen und die Kraft zu haben, Dinge anzupacken, die verändert und aufgebaut werden können. Niemand lebt das

Leben eines kopflosen Huhnes oder das einer ferngesteuerten Kreatur. Worum es im Leben geht und was wichtige und realistische Ziele sind, scheint sehr klar zu sein. Die Menschen haben eine harte Vergangenheit hinter sich. Die kleinen materiellen Gewinne der letzten Jahre investieren sie ganz bewusst in geschäftliche Aktivitäten, in den Bau von Straßen, Häusern und Bildung. Oder mit anderen Worten, wenig in den Konsum, sondern mehr in die Fundamente ihrer Zukunft.

Die größte Überraschung, dass die Handlungen der Menschen, ihre Gedanken, ihr Umgang miteinander und die oft sehr einfachen, aber starken Einsichten in das Leben für uns so faszinierend sind und uns immer wieder indirekt einen Spiegel vorhalten.

Die Seele Albaniens ist ein Zusammenspiel einer großen Natur, einer harten Vergangenheit, eines enormen Zusammenhalts und des positiven Stolzes der Menschen; tief verwurzelt in der Erde, die die Heimat dieser Menschen ist. Genauso wie das Essen: ehrlich, unverändert, stark im Geschmack mit immer wieder kleinen hinzugefügten neuen Zutaten.

Unsere Wünsche. Man kann dem Land und den Menschen nur wünschen, dass sie diesen Charakter und die tiefe Verwurzelung bewahren und sich darauf aufbauend behutsam entwickeln, was sie ja in gewisser Weise bereits tun, indem sie sich der Zukunft annehmen, ohne der Vergangenheit den Rücken zu kehren.

Alle diese Eindrücke sind in der albanischen Küche und der Esskultur am offensichtlichsten. Wie ein Klumpen Kohle, der jahrhundertelang gepresst und zerquetscht wurde, ist die albanische Küche daraus als wahrer Rohdiamant hervorgegangen.

Wie fasst man das nun alles zusammen? Das Wesen Albaniens durch sein Essen und seine Kultur einzufangen, ist wie der Versuch, Luftblasen in der Luft aufzufangen. Das, was wir zu fangen versuchten, verwandelte sich in etwas, das anders und undefinierbar erscheint.

Wir können jedoch auf bestimmte Erfahrungen hinweisen und sagen: *"Seht euch das Land an! Hier geht etwas Erstaunliches vor, aber ich bin nicht sicher, was es ist."* Das ist etwas, mit dem sich bereits Immanuel Kant, der deutsche Philosoph des 18. Jahrhunderts, in seiner Analyse des Erhabenen gegenüber dem Schönen beschäftigt hat: *"Während das Schöne begrenzt ist, ist das Erhabene grenzenlos, sodass der Geist in der Gegenwart des Erhabenen versucht sich vorzustellen, was er nicht kann ... aber Freude daran hat, die Unermesslichkeit des Versuchs zu betrachten."* Unsere Reise war bisher voll des Erhabenen. In unseren Interaktionen mit den „hohen" und den „niedrigen" Stufen der albanischen Gesellschaft. In den majestätischen Bergen und entlang der friedlichen Küstenlinie. In der „Haute Cuisine" und der „normalen" Küche. Seine Omnipräsenz in diesem winzigen Land war unbestreitbar.

Albanien ist ein Land voller Paradoxien. Ein kleines Land, das irgendwie eine kulturelle Tiefe hat, die mit viel größeren Nationen konkurriert. Eine visuell starke staatliche Präsenz, die die persönlichen Grundfreiheiten nicht zu beeinträchtigen scheint. Die Verwendung einer kleinen Anzahl einfacher Zutaten zur Herstellung von Gerichten, die eine unbeschreibliche Tiefe im Geschmack haben. Und die Liste könnte ich unendlich verlängern.

Die Ideen des Paradoxen und des Erhabenen sind hier irgendwie miteinander verwandt. Sie sind beide charakteristisch für die Seele Albaniens. Aus diesem Grund können sie vom Intellekt nicht vollständig verstanden werden. Sie können jedoch vom Magen und vom Herzen wahrgenommen werden

Chef Avni aus Vlora

Vlora ist ein Küstenort in der Mitte Albaniens, der für seine Palmenallee entlang der Küstenstraße bekannt ist, so als sei man in Kalifornien. Diese Wahrnehmung von Vlora war nicht immer so. Anfang der 1990er-Jahre stand Vlora als Sinnbild für den Exodus Albaniens. Tausende Menschen versuchten, auf Schiffen von Albanien nach Italien zu fliehen, da die Entfernung nach Italien über das Meer hier nur wenige Kilometer beträgt.

Im August 1991 verlässt der alte und eigentlich schon zur Verschrottung vorgesehene Frachter mit dem Namen „Vlora" Albanien. Bilder, die menschenunwürdig sind. Vom völlig überfüllten Schiff stürzen Menschen und andere versuchten, noch darauf zu springen. Der Frachter nimmt Kurs auf den Hafen von Bari in Italien. An Bord befinden sich über 10.000 Albaner, und Italien verweigert dem Schiff das Anlegen. Obwohl die „Vlora" seeuntüchtig ist, müssen die Flüchtlinge auf dem völlig überladenen Schiff bleiben. Später beschließt die italienische Küstenwache, die

Flüchtlinge in ein Fußballstadion zu bringen und sie dort einzusperren. Von kreisenden Polizeihubschraubern über den Köpfen der Menschen werden Lebensmittelpakete über dem Stadion abgeworfen.

Einer der Menschen an Bord war Avni – *was auf Albanisch der Hilfsbereite bedeutet* –, den wir besuchen wollen. Er wollte nicht irgendein Restaurant eröffnen, sondern versuchte etwas Neues mit nach Albanien zu bringen, um es mit dem zu verbinden, was Albanien zu bieten hat. Dabei kam sein Zero Kilometer Restaurant an der Strandpromenade von Vlora heraus. Zero Kilometer bedeutet, dass alle seine Zutaten aus einem Umkreis von weniger als einem Kilometer Entfernung stammen. Weitere Bezeichnungen für sein Konzept, wie beispielsweise Bio, regional, saisonal ... waren nicht notwendig, da diese sich bereits aus dem Namen Zero Kilometer Konzept und den Bedingungen dort vor Ort ergaben.

Sein Lebensweg, sein Fleiß, sein Konzept, das fantastische Essen und die einzigartige Lage seines Restaurants bescherten Avni den Erfolg, den er sich verdient hatte.

In der Küche benutzte Avni unter anderem eine Pfanne, die wir so bisher noch nirgendwo gesehen hatten. Eine alte albanische Erfindung. Die Pfanne hatte sieben große Einkerbungen in Form und der Tiefe einer halben Kugel. Avni nutzte diese Pfanne heute, um darin Risotto-Bällchen für uns zu braten. Man konnte in der Pfanne auch andere Fleisch- oder Gemüse-Bällchen braten. Die Logik war sehr einfach. Da die Hälfte der Bällchen von starker Hitze umgeben waren, brauchte man das Bällchen nur einmal umzudrehen und hatte den Effekt, dass das Bällchen von allen

Seiten gleich knusprig wurde, wie aus der Fritteuse, nur eben aus der Pfanne. Diese alte und pragmatische albanische Erfindung passte irgendwie zu diesem Land. Warum sie nicht in anderen Ländern genutzt würde, erkundigte sich Steve, der hierfür wohl schon einen riesigen Markt in den USA sah. Vielleicht weil diese Art von Pfanne nicht für Ceran- oder Elektro-Herde geeignet sei. Auch die Antwort war klar und passend.

Nachdem ich ihm, während er ein traditionelles albanisches Fischgericht mit Reisbällchen kochte, unsere Fragen gestellt hatte und wir gemeinsam am Tisch saßen, fragte uns Avni: „Warum haben so viele Menschen Angst, in kleine, finanziell ärmere Länder wie nach Albanien zu reisen?" Meinen beiden Begleitern fiel sofort die Antwort ein: aus Zeitmangel.

Wenn man nur 14 Tage Urlaub im Jahr hat, will man kein Risiko eingehen und diese Tage falsch investieren, obendrein ist die Anreise sehr lang, auch muss man dann erst einmal zu den einzelnen Schönheiten im Land kommen. Diese Logik betreffe doch nicht alle Amerikaner und Chinesen, fragte Avni. „Nein, die Reichen und Rentner nicht, die hätten ja mehr Zeit." „Und warum kommen die nicht?" „Die Reichen haben Angst vor Verlusten, Verlusten im Sinne von Komfort und möglichen Diebstähle oder gar Entführungen."

Avni war nicht bekannt, dass in Albanien je ein älterer amerikanischer oder chinesischer Tourist beraubt oder gar entführt worden wäre. „Und warum kommen die amerikanischen und chinesischen Rentner nicht", wollte Avni noch wissen. „Aus Sorge vor einer schlechten oder mangelhaften medizinischen Versorgung im Falle eines Notfalls." Avni befragte nun beide über ihren Kenntnisstand des albanischen Gesundheitssystems, worüber sie nichts wussten. „Warum sorgt man sich also über etwas, was man nicht kennt?", fragte Avni. Wohl aus Mangel an Interesse und Zeit, sich damit zu beschäftigen, meinten Chang und Steve. Oder war es vielleicht, wie ein albanisches Sprichwort sagt: *„Der Satte vertraut den Hungrigen nicht?"*

Avni sah zwei aufgeweckte und freundliche Menschen, Freunde, die sich gegenseitig in gewisser Weise ergänzten und einander wert waren. „Warum ist eure Art der amerikanisch-chinesischen Verbundenheit nicht auf Landesebene möglich", fragte Avni. Die beiden erklärten es mit den langen historischen Wurzeln, den kulturellen und aktuellen politischen sowie wirtschaftlichen Differenzen. Beide unbewusst in einer gewissen Art ungewollt rechtfertigend. Ob sie diese zwanghaft und theoretisch anmutenden sowie von anderen Menschen initiierten Gründe auch als Hürde für ihre eigene Beziehung zueinander setzen würden?, fragte Avni nach, was beide kategorisch ablehnten.

Avni war lebenserfahren genug, nicht weiter zu fragen und beide mit der nicht zusammenpassenden Logik in ihren Gedanken allein zu lassen, was mich sichtlich amüsierte, sodass Avni seine nächste Frage an mich richtete.

„Wovon hast du als Kind geträumt?", wollte er wissen. Spontan fiel mir ein, dass ich von einem eigenen kleinen Haus mit Garten, einem schönen Auto und der Möglichkeit von uneingeschränktem Reisen in andere Länder und dem Kennenlernen anderer Kulturen sowie der Arbeit als Arzt oder Koch mit einem eigenen Restaurant träumte. „Und wovon träumst du heute?", fragte er nach. Die Antwort war schwerer und komplexer, er merkte, wie ich nachdachte. Also teilte er seine Frage: „Ist der erste Teil deiner Kindheitsträume, ohne die Berufswünsche, in Erfüllung gegangen?" Das bestätigte ich ihm.

Dann wollte er wissen, warum mir das nicht reiche und warum ich mich mit weiteren nicht klar definierbaren und durch ihre Vielfalt sehr verwirrenden neuen Träumen beschäftige. Das konnte ich ihm nicht beantworten. Weiter wollte er wissen, dass, wenn ich kein Arzt oder Koch mit eigenem Restaurant geworden bin, ob ich immer noch das gleiche kindliche Interesse an diesen Berufen hätte. Auch das bestätigte ich ihm. Gut, meinte er, ein Studium der Medizin könnte schwer werden in meinem Alter, aber ein eigenes kleines Restaurant wäre doch noch eine Option. Nachdem ich ihm das bestätigte, fragte er, warum ich es nicht tue. Ein spontaner Gedanke, den ich aber zum Glück nicht äußerte, war, dass meine Arbeit als Manager in einem Großunternehmen für das Unternehmen wichtig sei, was aber eigentlich nicht stimmte.

Ich antwortete Avni, dass ein eigenes kleines Restaurant eine Option sei, wenn ich Rentner oder Frührentner bin, um dann noch etwas Sinnvolles zu tun, was mir noch Freude bereitet. Die Frage, warum ich es nicht jetzt schon mache, ersparte mir Avni glücklicherweise und fragte lieber, was mir aus meinem Unternehmen bekannte Rentner und Frührentner heute machen. Dazu fiel mir mein ehemaliger Chef ein, der mit 65 Jahren in Rente ging und mit 66 Jahren schwer erkrankte, oder der Chef meines Chefs, der bereits freiwillig mit 62 Jahren in Frührente ging, um dann frustriert festzustellen, dass er mit sich nichts anfangen konnte und seiner Frau nur im Weg stand. Zwei nicht schöne, aber oft gelebte Schicksale.

Avni fragte nun, was ich meinen Kindern beibringe. Mir fiel dazu nur ein, dass die Schule mit all den nachschulischen Aktivitäten einen großen Beitrag zur Entwicklung unserer Kinder leistete, was aber vermutlich nicht seine Frage war. Ihm ging es um meinen persönlichen Beitrag, so wie es mein Vater getan hatte. Als Kind träumte ich von einem großen und ebenso teuren Fernglas. Mein Vater sagte, er könne als Geburtstagsgeschenk die Hälfte des Geldes zum Kauf des Fernglases beitragen, die andere Hälfte müsse ich selbst verdienen. Wie soll ein Kind Geld verdienen, fragte ich ihn, worauf er meinte, dass ich etwas vermarkten soll, was ich kann und was mir eventuell noch Freude bereitet. Für mich waren es Blumen, die ich mochte und in unserem sich außerhalb der Stadt befindlichen Garten pflanzte und pflegte. So kam es, dass ich dort mehr Blumen anpflanzte, pflegte, zu schönen Sträußen band und vor größeren Einkaufsläden stehend nach der Schule verkaufte. Diese Arbeit ermöglichte mir das Fernglas, und darüber hinaus die Freude, etwas Sinnvolles zu tun.

Es war eine erste Erfahrung, durch eigene Arbeit etwas zu erschaffen, wofür es sich lohnte, auch Opfer zu bringen, in meinem Fall in Form der entgangenen Zeit mit Freunden Fußball zu spielen. Es gab damals nicht die Möglichkeit, in alle möglichen Freizeitaktivitäten hineinzuschnuppern und das Passende für sich zu finden. Es gab aber auch nicht den Druck, die „vierte" Fremdsprache und das „sechste" Musikinstrument spielen zu müssen. Werden sich also meine Kinder genauso dankbar an mich erinnern, so, wie ich mich an meinen Vater, der mir das Blumengeschäft ermöglichte? Die Zeit wird es zeigen und hoffentlich eine gewisse Dankbarkeit auch mir gegenüber mit sich bringen, wenn meine Kinder einmal groß sind, antwortete ich Avni. „Überlass es doch nicht dem Schicksal, und lehre auch deinen Kindern ein Handwerk, ein Geschäft oder was auch immer sie nur von dir lernen können." Ich war Avni dankbar, dass er es als Aufforderung im Raum stehen ließ, und nicht als Frage formulierte.

Aber Avni fragte in anderer Richtung weiter: „Was zeichnet dich als Mensch aus und wie würdest du dich beschreiben?" Ohne erst über seine Frage nachzudenken, beschrieb ich, was ich als Manager tat, aber das war nicht seine Frage. Avni wies mich auf das albanische Sprichwort *„erzähle nicht, wie du warst, sondern zeige, wie du jetzt bist"* hin.

Als ich dann versuchte, auf seine eigentliche Frage einzugehen, spürte ich einen gewissen Schutzinstinkt, nichts von mir preiszugeben, was als Schwäche gewertet und missbraucht werden könnte. Noch komischer als der Gedanke, seine Schwächen nicht äußern zu wollen oder zu können, wurde mir auf einmal bewusst, was ich als Schwäche für mich selbst definierte. Es waren nur Eigenschaften, die man aus Sicht eines Unternehmens oder eines Managers als Schwäche definieren würde, aus Sicht eines Menschen waren es rein menschliche Eigenschaften, keine Schwächen, kein Mensch würde dadurch zu Schaden kommen. Es waren einfach Punkte, die mich als Mensch definieren, also das, wonach Avni fragte.

In einer Gameshow würde Avni bei der Aufgabe, sich selbst zu beschreiben, die volle Punktzahl erhalten und ich, der aus einer entwickelteren, reicheren und fortschrittlicheren Welt kommende eloquente Manger, mit null Punkten ausgehen. Und warum? Weil Avni nicht die Fähigkeit abhandengekommen war, sich als Mensch beschreiben zu können. Ein albanisches Sprichwort sagt dazu passend: *„Man kann das Heute nicht erkennen, wenn man das Gestern nicht sehen will oder nicht sehen kann. Und wer das Heute nicht erkennt und versteht, kann schlecht für Morgen planen."*

Nachdem Avni spürte, dass er mir genügend Denkaufgaben mit auf den Weg geben konnte, wechselte er zu Chang und Steve. Sie freuten sich schon, ihm etwas aus ihren Leben zu berichten, und erwarteten gespannt seine Fragen.

Avni drehte den Spieß um und nahm einfach die Fragen, die ich ihm gestellt hate, also meinen vorbereiteten Fragenkatalog, und stellte sie ein zu eins Chang und Steve. Im ersten Augenblick waren beide etwas enttäuscht, sie hatten mit spezifischeren Fragen auf sich, ihr Land und die dortige Gesellschaft gerechnet.

⇨ *Wie wünscht ihr euch, dass China und die USA außerhalb beider Länder gesehen werden?*

Beide waren nicht der Typ Menschen, die man einer Landeskategorie hätte zuordnen können. Ich hätte sie maximal der Kategorie Kosmopoliten, aber keiner Nation zuordnen können. Auch waren beide bisher nicht besonders stolz auf ihre eigenen Länder gewesen. Umso mehr überraschte deren Antworten Avni und mich. Chang für China und Steve für Amerika sprechend wünschten sich beide etwas mehr Wissen und Verständnis für die Politik ihrer Länder.

⇨ *Was sind eure Ziele und Träume im Leben?*

Chang sehnte sich nach Freiheit. Dabei ging es ihm nicht um mehr Meinungsfreiheit in China. Freiheit bedeutete für ihn, den Raum zu haben, das zu tun, was wir hier in Albanien taten. Er sehnte sich einfach nach mehr Zeit für sich, um etwas entdecken zu können. Obwohl Chang in China nicht im materiellen Überfluss oder Mangel lebte, hatten seine Ziele und Träume keinen materiellen Aspekt. Es tangierte ihn auch wenig, dass der Staat seine Daten, Bewegungsprofile und Äußerungen in den sozialen Medien kontrollierte. Er sehnte sich nur nach dem, was nicht kontrollierbar, zensierbar oder wegnehmbar war, Zeit zum Entdecken und Genießen.

Steves Ziele und Träume bezogen sich überraschenderweise auf eine geeinte und innerlich befriedete Gesellschaft in Amerika. Der Zusammenhalt, das nicht spalterisch agierende positive Nationalgefühl und der Stolz der albanischen Gesellschaft, ohne dabei die Sicht auf die Welt und den Respekt anderen Ländern gegenüber zu verlieren, das war es, was Steve tief beeindruckte und er sich auch für sein Land wünschte.

⇨ *Was verdient ihr?*

Beide antworteten mit: Viel weniger, als man denken würde.

⇨ *Was ist/wird eure Rente sein?*

Daran wollten beide nicht denken, da die Basis dessen das heutige Handeln sei und das heutige berufliche Handeln ja noch nicht einmal vernünftig die heutigen Ausgaben decken kann.

⇨ *Was bedeutet Arbeit für euch?*

Für beide sehr viel, wenn es denn nur der richtige Job sei, nach dem sie noch auf der Suche waren.

⇨ *Was ist das Wichtigste in eurem Leben?*
Die Familien und der hoffentlich bevorstehende Erfolg, um sich selbst ein Fundament für eine eigene Familie aufbauen zu können.

⇨ *Was möchtet ihr in eurem Leben verändern?*
Hierauf wussten beide keine passende Antwort und suchten eher im Bereich dessen, was man als schlechtes Gewissen bezeichnen könnte.

⇨ *Was sind eure größten Probleme, und wie geht ihr damit um?*
Changs größte Sorge war seine bevorstehende Rückkehr nach China. Aber nicht aus politischen Gründen, sondern aus der Sorge heraus, dass er hier ein Teil des Hamsterrads wird und werden muss, um zu überleben. Steve verzettelte sich bei seiner Antwort in einer Mischung aus Aspekten der Liebe, alltäglichen Nebensächlichkeiten und Geldmangel. Also Aspekten, die man nicht in einem kurzen Satz zusammenfassen, geschweige denn lösen könne.

⇨ *Was macht ihr, wenn ihr euch etwas Besonderes gönnen wollt?*
Für Chang sind es immer Spaziergänge in der Natur und das Fühlen von Ruhe, an möglichst unterschiedlichen Orten. Für Steve waren es Partys mit Freunden, und wenn es die finanziellen Mittel erlaubten, der Wunsch, diese Partys mit gutem Essen durchführen zu können.

⇨ *Was würdet ihr tun, wenn ihr euch ein Jahr lang nicht um euer Einkommen sorgen müsstet?*
Nicht viel anderes als das, was sie heute täten. Zu versuchen, ein Fundament für ihre Zukunft zu erschaffen.

⇨ *Was macht euch glücklich?*
Frei zu sein, stellten beide übereinstimmend fest.
⇨ *Welche Zutaten, Rezepte und Kochtechniken spiegeln die Seele Amerikas und Chinas am besten wider?*
Diese Frage war beiden zu komplex, nicht aus Wissensmangel über die Kulinarik der Länder, sondern eher aus dem Wissen heraus, dass es regional so viele und große Unterschiede gibt.

Durch Avnis Umkehr unserer Fragen merkte ich, wie pauschal und teilweise schlecht meine Fragen waren, und freute mich im Nachhinein, dass ich oft von einem strengen Ablauf der Fragen mit unseren Interviewpartnern abgesehen hatte.

Diese Umkehrung hielt uns einen großen klaren Spiegel vor die Augen und zeigte uns, dass wir im Kern doch sehr ähnlich waren.

Um unser Zusammensein wieder dort hinzuführen, was die Albaner so schätzten, zu einem fröhlichen und ausgelassenen Zusammensein, erzählte uns Avni von Personen der Weltgeschichte, von denen wir nicht wussten, dass sie Albaner waren: Mutter Teresa, Dua Lipa, John Belushi, Bebe Rexha, Rita Ora … und Ferid Murad – dem Erfinder von Viagra.

Nach dem Treffen mit Avni fuhren wir auf einer malerischen Strecke entlang der unberührten Küste Albaniens von der Küstenstadt Vlora zur südlicheren Küstenstadt Saranda. Wären wir nicht in Albanien, mit einer zwei Stunden verspäteten Anreise bei Avni und einer drei Stunden verspäteten Abreise und viel Freude dazwischen, hätten wir diese zweistündige Fahrt die Küste entlang noch im Sonnenschein und bei Tageslicht erleben, genießen und für unser Publikum filmen können. Leider war es inzwischen relativ dunkel. Trotzdem ließen wir die Kamera auf dem Dach des Autos laufen, in der Hoffnung, zumindest ein paar Impressionen von dieser traumhaften Fahrt die Küste entlang einfangen zu können.

Was die Kamera jedoch einfing, waren zwei Stunden in der Dunkelheit des albanischen Winters, also weit entfernt von einer aufklärenden Reisedokumentation im Sommer und bei Sonnenlicht, die dem Publikum die Augen öffnen könnte. Auch wenn uns allen in diesem Moment bewusst war, dass dieser Fakt wahrscheinlich der endgültig fehlende Baustein für den Erfolg unseres Dokumentarfilms war, würde uns im Leben niemand mehr die Erinnerung an diese Fahrt durch die kalte und sternenklare Winternacht entlang der albanischen Küste nehmen können. Wieder ein Moment für die Ewigkeit, wenn auch nur im eigenen Kopf abrufbar, dafür aber magisch.

Am nächsten Morgen erwachten wir in der malerischen Küstenstadt Saranda, die nur zehn Kilometer entfernt von der berühmten griechischen Touristeninsel Korfu liegt. Saranda steht Korfu in nichts nach, es ist sogar noch entspannter und sicherer dort. Die kurze Fährverbindung zwischen beiden Orten bewegt dennoch nur 90 % Albaner, obwohl auf Korfu Hunderttausende Menschen urlauben, die nach Exkursionen, Entertainment und Abwechslung suchen und die Schönheit Sarandas mit einem bloßen Blick über das Meer sehen können. Nur wenige gehen diesen

Schritt und kaufen sich ein Ticket in die so naheliegende Welt des noch Unbekannten. Wie schade.

Polizeikontrolle

Für unseren leider letzten Tag stand der Besuch bei einer Großmutter namens Domenika – *was auf Albanisch dem Herrn zugehörig bedeutet* – in einem abgelegenen Dorf bei Saranda auf dem Plan. Der Weg dorthin dauerte eine gefühlte Ewigkeit, war aber sehr entspannend. Wie gefühlt alle unsere Fahrten, dauerte auch diese um die drei Stunden. Wir fuhren dazu über Berge und durch die Weiten einer unberührten Natur. Obwohl ich noch nie in Neuseeland war, stellte ich es mir so vor. Endlose Weiten zum stundenlangen Dahinträumen, nur eben nicht in Neuseeland, sondern in Europa.

Den letzten Teil der Strecke fuhr ich unseren gemieteten schwarzen Hyundai Van und sah auf einmal in der Ferne eine Polizeikontrolle. Hier im Nirgendwo, wo wir keinen Orten, Menschen oder anderen Autos begegnet waren. Jetmir erklärte uns, dass dieses Gebiet eines der Hauptanbaugebiete für Marihuana in Albanien und in Europa sei. „War oder ist?", fragte Steve. „Wer weiß das schon", antwortete Jetmir. Wieder etwas Neues über dieses kleine noch so ungekannte Land gelernt. Steve beunruhigte die Situation: „Was, wenn die Polizisten uns kontrollieren und uns Marihuana unterjubeln würden, um ihre Aufklärungsquote für dieses Jahr, zum Jahresende hin noch zu verbessern? Kannst du so etwas ausschließen?" Jetmir entgegnete: „Ich kann es nicht ausschließen, so wie ich auch nicht ausschließen kann, dass es falsche Polizisten sind, falls es dich interessiert." Das wäre tatsächlich Steves zweite Frage gewesen. Mir waren albanische Polizisten nur aus schlechten Actionfilmen der postkommunistischen Zeit bekannt, in denen diese die Handlanger von bösen Waffenhändlern waren, die Waffen aus alten kommunistischen Zeiten an ebenso böse Russen weiterverkauften. Obwohl ich solche Filme nie in voller Länge oder mit großer Freude gesehen hatte, schienen sie ihre Spuren in meinem Unterbewusstsein hinterlassen zu haben. Und obwohl ich mich bewusst gegen Vorurteile wehrte, waren sie auch bei mir präsent.

Ich fragte Jetmir, wie wir uns jetzt verhalten sollten, wenn wir angehalten werden. „Sollen wir die Wahrheit sagen, dass wir einen Termin mit einer Großmutter zum Kochen haben?" Jetmir hielt das für keine so gute Idee. Er empfahl mir, die Geschwindigkeit zu verlangsamen, den Blick überzeugend nach vorn zu richten, nicht zu stoppen und auf der Höhe der Polizisten nur die rechte Hand oben am Lenkrad zu lassen und mit dem Zeigefinger eine wippende und dadurch verneinende Bewegungen zu signalisieren und dabei selbstbewusst mit unserem Auto an den Polizisten vorbeizugleiten. Ergänzt durch ein kleines Nicken, aber keinen Augenkontakt zu den Polizisten. Der Schlüssel für den Erfolg von Jetmirs Idee war, dass unser Mietwagen ein schwarzer Hyundai Van gleichen Typs war, wie ihn die lokalen inneren Sicherheitsbehörden fuhren. „Ist das ein Scherz?", fragte ich ihn, und seine Antwort war ein deutliches Nein, wir hätten ja schließlich einen Termin mit der Großmutter zum Kochen und sollten nicht unnötig Zeit wegen einer Kontrolle mit vielen zu erwartenden Fragen verlieren.

Zum ersten Mal seit unserer Zeit in Albanien sorgte sich Jetmir um das pünktliche Erscheinen zu einem Treffen. Weitere Fragen konnte ich Jetmir nicht mehr stellen, aber für eine schien noch Zeit. Ich fragte Jetmir daher, was ich, neben dem Wink des rechten Zeigefingers, noch machen könne, damit mich die Polizisten für einen albanischen Bürger hielten.

Diese Frage brachte Jetmirs Geduld zum Überlaufen. „Steht in meinem Gesicht Albaner und in deinem Deutscher geschrieben?", fragte er harsch? „Und überhaupt, ihr stellt Fragen über Fragen, absurde, sinnlose und beängstigende Fragen. Was ist nur nicht in Ordnung mit euch? Nächstes Jahr kann ich eine Dokumentation für die Albaner erstellen, die den Ursachen unserer absurden und unnatürlichen Fragen nachgeht. Was hat euch Menschen aus anderen scheinbar fortschrittlicheren Ländern so entfremdet und entmenschlicht? Und wie geht ihr bloß mit diesem selbst auferlegten Psychoterror um?"

Ich gab Jetmir gedanklich recht und erinnerte mich an meine Kindheit, die auch ohne unsere aktuellen Fragen und Sorgen auskam. Chang hingegen bedankte sich für Jetmirs Worte und sah darin eine Art Erleuchtung, da er in einer künstlichen Welt der Hochhäuser von Baoding hineingewachsen war und keine wirklich geistig freie Kindheit hatte. Da rief Jetmir erbost: „Seid bloß still!" Erst die 1000 Fragen und nun noch Changs Erleuchtung, das schien auch dem hartgesottenen und mit sich im Reinen befindlichen Jetmir zu viel.

Wir waren kurz vor der Polizeikontrolle und meine Frage, wie mich die Polizisten für einen albanischen Bürger halten könnten, blieb leider unbeantwortet. Da beschloss ich, mich zu entspannen und in die Lage eines albanischen Polizisten für innere Sicherheit hineinzuversetzen, der einfach nur genervt war von den Posten, die ihm im Weg standen. Der so genervt war, dass er nicht einmal Interesse daran hatte anzuhalten und die Posten kurz zu begrüßen; der diesen Polizisten nur noch den geringstmöglichen Kraftaufwand und Aufmerksamkeit entgegenbringen mochte, also das Hin- und Herwackeln des Zeigefingers oben auf dem Lenkrad. Und siehe da, es funktionierte. Ohne dass ich den Polizisten in die Augen sah, spürte ich deren Respekt und eine gewisse entschuldigende Haltung, dass sie uns im Weg standen. Den Polizisten gegenüber war es nicht nett, aber ich begriff, was eine innere Einstellung bewegen kann, oder vielleicht doch nur unser schwarzer Hyundai Van.

Jetmir fragte nun mich: „Warum konsumieren so viele und vor allem immer mehr Menschen im westlichen Europa Drogen?" Zum Glück hatte ich vor einigen Wochen über dieses Phänomen einen Artikel gelesen, der von einem Arzt verfasst war. In den Kläranlagen verschiedener Großstädte wurde über die Jahre ein immer höherer Rückstand an Kokain gefunden. Der Arzt sprach von dem Phänomen unserer sich ändernden Gesellschaft, in der es mehr und mehr darum geht, jung auszusehen, fit zu sein und vor allem eins, Leistung und nochmals Leistung zu bringen. Die Gesellschaft als solche wird eben immer egoistischer. Konkurrenzdenken und Erwartungsdruck definiert die leistungsorientierten Menschen unserer modernen Gesellschaft, die dann mehr zu

Drogen greifen, um diese Leistung auch erbringen zu können. Diejenigen, die Drogen bei Partys konsumieren, gab es schon immer. Leistungsorientierte Karrieremenschen und Partypeople sind zwei Kategorien, die als Synonym einer übersättigten Gesellschaft stehen mögen. Hier könnte man der Logik, dass diese Menschen wissen sollten, was sie tun und sie es zu ihrem Vergnügen machen, gelten lassen. Deren mehr oder weniger freiwilliger Konsum unterstützt wiederum die armen Anbauländer und die dortigen Bauern in ihrer Existenz, auch wenn die anbauenden Bauern vor Ort nur einen Bruchteil der in den überdrehten Metropolen gezahlten Preise für die Drogen erhalten. Was ich aber in dem Bericht des Mediziners viel erschreckender fand, war der starke Anstieg des Drogenkonsums in Großstädten in den Breiten der Gesellschaft, den Ärzten, den Krankenschwestern und vielen Berufen in der Mitte der Gesellschaft und derer, die vereinsamen. Diejenigen, die fit sein, eine Fassade aufrechterhalten müssen, konsumieren Kokain, und die, die sich wovon auch immer entkoppeln und betäuben möchten, konsumieren Marihuana.

Am Ende ist es wohl ein sehr komplexes Konstrukt, warum Menschen in den Metropolregionen Westeuropas mehr Drogen konsumieren. Das versuchte ich ungefähr Jetmir wiederzugeben, es klang vielleicht nachvollziehbar, verstehen oder gar akzeptieren konnte er es aber nicht. Wenn sich eine Gesellschaft im Kern und nach außen hin nicht sichtbar dopen und betäuben muss, sei es doch ein selbstzerstörerischer Mechanismus. Warum es so ist, was wir dagegen unternehmen, wie Einzelne anderen hier helfen ... Jetmir hatte auf einmal so viele Fragen. Ich wünschte mir, dass ich ihm so klar und einfach antworten konnte, wie er und viele andere hier in Albanien unsere Fragen beantworteten, das war mir aber leider nicht möglich.

Kochen mit Großmutter Domenika

Endlich im Dorf eingetroffen, empfing uns Domenika, eine alte Frau mit einem Körper so groß wie der meiner 11-jährigen Tochter, aber den kristallklar strahlenden Augen einer 90-jährigen Frau, die scheinbar schon mehrere Leben lebte und noch vorhatte, mindestens 200 Jahre alt zu werden. Als sie mir ihre Hand zur Begrüßung reichte, durchströmte meinen Körper eine unheimliche Wärme bis in die Zehen. Fast schien es mir, das Ende der Welt und das Ende meines Lebens erreicht zu haben, und Domenika wäre mein letztes Gericht. So einen mystischen Moment mag man aus Filmen oder Erzählungen zu kennen glauben. Aber nichts fühlte sich in meinem Leben bisher so von starker Energie durchdrungen an wie dieser Händedruck und der Blick in Domenikas Augen. So, als sei Domenikas kindlich großer und eingefallener Körper nur das Tor in eine andere Welt. Als Domenika meine Hand losließ und meine Körpertemperatur sofort wieder auf Normalmaß sank, fing es an zu regnen, so als hätte die Reise in die andere Welt diesmal noch ohne mich stattgefunden oder abgebrochen werden müssen.

In Domenikas Küche sah ich keine Zutaten oder Vorbereitungen auf unser bevorstehendes gemeinsames Kochen. Da wir Jetmir bereits auf der Fahrt mit unseren Fragen verägert hatten, setzten wir uns hin, speisten Kompott und tranken Raki mit Domenika, was sich über eine Stunde hinzog. Gedanklich hatte ich das Kochen mit ihr bereits abgeschrieben und den Tag als einen besonderen für mich verbucht. Doch genau in dem Moment fragte Domenika in die Runde, ob wir nicht für unser gemeinsames Kochen hier seien, was wir ihr bestätigten. Auf dem Plan standen Brot, Blätterteig, Gemüse und Huhn. Wir bestätigten ihr den Menüplan, worauf Domenika uns fragte, ob wir großen Hunger hätten, was Steve sofort bejahte und einen Bärenhunger beschrieb, daher fragte Domenika uns, wie viele Hühner wir einplanen sollten. Wir vier, sie und sechs weitere fest eingeplante Gäste sowie die fünf bis zehn obligatorisch zu erwartenden Gäste, was Chang auf 18,5 Gäste analysierte. Ohne Kenntnis der Größe der albanischen Hühner kam Steve auf die Idee, dass wir fünf Hühner benötigten.

Domenika bat uns, sie beim Besorgen der Zutaten in den jeweiligen Nachbarhäusern zu begleiten. Nachdem wir im Regen das erste Nachbarhaus erreicht hatten, fiel uns auf, dass hier die Quelle für die fünf Hühner lag. Wir hatten allerdings nicht damit gerechnet, dass die Hühner noch lebten. Ausgehend von dieser neuen Erkenntnis und der Notwendigkeit des Tötens der Tiere, entschied sich Steve, die Anzahl der zuvor auf fünf kalkulierten Hühner auf zwei zu reduzieren. Er müsse heute kein Huhn essen und vielleicht seien die anderen 17,5 Gäste heute auch nicht sonderlich hungrig. Welch eigenartiger Sinneswandel. Wären wir in einen Supermarkt mit entspannter Musik gegangen, hätten wir, ohne nachzudenken, fünfmal ins Regal gegriffen, um fünf anonymisierte Hühner zu entnehmen, selbst wenn sie in Bioqualität und aus einer nachvollziehbaren

Quelle gewesen wären. Hier bei Domenikas Nachbarin, im Angesicht der noch lebenden Hühner, überkam uns Scheu, ein schlechtes Gewissen und die Frage, ob es wirklich notwendig ist, bewusst fünf Tiere zu töten, obwohl der Griff ins Supermarktregal die gleiche Konsequenz gehabt hätte. Nachdem wir uns nun auf nur noch zwei zu verzehrende und dadurch zu tötende Hühner für 17,5 Menschen einigten, bat Domenikas Nachbarin Chang, die beiden Tiere zu köpfen, was Chang erschrocken ablehnte, obwohl seine Eltern und er in China regelmäßig auf Tiermärkten einkaufen gingen, jedoch beim Töten immer wegsahen.

Nach zwei Stunden im Dorf hatten wir bei sechs verschiedenen Quellen alle Zutaten eingesammelt und jeweils einen Raki zur Begrüßung getrunken. Danach war ich, der an diesem Tag am dünnsten bekleidet war, durch den Regen vollkommen durchnässt, was auch Domenika bemerkte und mir eine Dusche bei ihr anbot, die ich dankend annahm.

Auf all meinen vorangegangenen Reisen fürchtete ich mich immer vor einem Hotel mit einem alten und nicht perfekt sauberen Bad. Das Bad und die Dusche von Domenika wären in der Theorie eine Basis für meine Alpträume. Es war ein kleines Verlies ohne Fliesen mit einem undichten Dach und einer an der Decke baumelnden Glühbirne, die ihren Strom aus teilweise offenen Kupferdrähten bezog. Dusch- und Regenwasser flossen in ein großes offenes schwarzes Loch im Boden, aus dem gelegentlich im Umkehr Wasser herausschwabbte, vielleicht vom Nachbarn, der auch gerade duschte. Wie gesagt, in der Theorie ein Ort des Grauens. In der neu gewonnenen albanischen Praxis, der Verinnerlichung des albanischen Staatsbürgers in Form des Sicherheitsbeamten und durch Domenikas Händedruck sowie dem Blick in die Tiefe ihrer Augen, schien ich nun ein Teil der Menschen hier geworden zu sein. Und das Bad des Grauens verwandelte sich in das, was es war, ein Ort, der im nasskalten Winter hier in den Bergen wärmendes Wasser für meinen Körper und irgendwie auch für meine Seele bot. Während des Duschens erklangen nicht weit entfernt klare und einfache Glockenschläge, 17-mal hintereinander. Einmal schwach, einmal stark, einmal mit mehr und einmal mit weniger Abstand, aber immer mit spürbar starken Emotionen dahinter, von dem, der an den Glocken zog. Trotz der Wärme des Wassers hatte ich 17-mal Gänsehaut. Jedes Ziehen an den Glocken schien ein Stich ins Herz. Wie sich später herausstellte, waren es Glocken, die den Tod eines gerade verstorbenen Menschen verkündeten. Gezogen durch den, der diesem Menschen am nächsten stand. In diesem Moment schienen mir alle anderen Umstände und Gedanken wie Fassaden wegzufallen.

Als ich das Wasser abstellte, schreckte ich auf. Die Sachen, die ich ausgezogen hatte, waren ja völlig durchnässt. Was sollte ich also nach dem Duschen anziehen und wem sollte ich diese Sorgen mitteilen? Sollte ich etwa halbnackt in die Küche gehen und Jetmir mein Anliegen unterbreiten? Als hätte Domenika meine Gedanken gelesen, sah ich, als ich die kleine schiefe Holztür der Dusche öffnete, auf einer kleinen ebenfalls schiefen Holzbank ein sauberes Handtuch, Unterhose, Unterhemd, Hemd und Hose liegen. Alles sah frisch gewaschen und gebügelt aus, aber mindestens 50 Jahre alt. Von meinen moderneren, aber schmutzigen und durchnässten Sachen fehlte jeder Spur. Somit blieben mir nur zwei Optionen. Option eins wäre der bereits angedachte halbnackte Gang in die Küche, in der sich alle befanden, und die Frage nach meinen nassen schmutzigen Sachen. Selbst wenn an diesem Tag unser Fragekontingent an Jetmir noch nicht aufgebraucht gewesen wäre, kam diese Option für mich nicht infrage. Somit blieb nur die zweite Option. Sich dankend dessen zu bedienen, was ich freundlicherweise vorfand. Also schlüpfte ich in die einfachen, sauberen und gebügelten alten Sachen, die vor mir lagen und die, wie sich später herausstellte, Domenikas verstorbenem Mann gehörten.

Da stand ich, der Manager mit der auf seiner Visitenkarte so toll klingenden Berufsbezeichnung, der Manager mit einer goldenen Firmenkreditkarte, der Mensch mit einem großen, aber noch nicht abbezahlten Haus, der Mitarbeiter, der ein Firmenauto fuhr, das fast den Wert aller Häuser in Domenikas Dorf hatte. Mitten im Dezember, irgendwo in den Bergen von Albanien im Duschverlies von Domenika, stand ich einfach als nackter und auf Domenikas Hilfe angewiesener Mann. Wie ein Bettler, aber sauber und befreit von allem, was zuvor war, nun als Teil dieser Menschen hier, dankbar für eine warme Dusche, die sauberen Sachen und bald auch noch etwas Warmes zu essen im Bauch. So viel Dankbarkeit für so wenig, aber in dem Moment dennoch so viel, empfand ich selten zuvor in meinem Leben.

Mit etwas schlechtem Gewissen der Sachen wegen ging ich langsam in die Küche, in der Domenika allein am Tisch saß und mich mit einem warmen Lächeln und eine kleine Träne vergießend ansah. Sie versuchte mir zu signalisieren, dass es nicht notwendig sei, sich zu bedanken. Dennoch dankte ich ihr durch ein Nicken und ohne Worte.

Wo waren die anderen? Im ersten Schreckmoment dachte ich, sie wären ohne mich abgereist, aber irgendwie war mir das, warum auch immer, einfach egal. Als hätte Domenika meine Gedanken gelesen, zeigte sie auf die zweite Tür in der Küche, als wollte sie mir zeigen, wo Chang, Steve und Jetmir waren. Ohne zu fragen, folgte ich ihrer Wegweisung, trat in den kalten Innenhof ihres Gartens, in dessen Mitte ein kleines Holzhaus stand, aus dem es aus einem Schornstein und allen anderen Öffnungen und Schlitzen stark qualmte. Ich öffnete die Tür und sah durch den Qualm in der Mitte des Raumes eine Feuerstelle und auf einer kleinen Bank daneben Chang und Steve sitzen. Einzig Steve hatte einen langen Spieß mit den daran aufgespießten Hühnern in den Händen und drehte ihn gleichmäßig und langsam über dem Feuer.

Das Bild schien so surreal, da saßen sie nun, der weltgewandte Amerikaner und der hochgebildete Chinese aus der Zwei-Millionen-Hightech-Metropole Baoding, wie zwei Steinzeitmenschen zwei Hühner grillend über dem Feuer, mitten in den Bergen Albaniens. Und ich in der Tür stehend mit den sauberen und gebügelten Sachen von Domenikas verstorbenem Mann. Leider gab es niemanden, der diese Situation mit unserer Kamera hätte einfangen können. Aber wie bereits in anderen Momenten zuvor, war dieser ab jetzt tief eingebrannt in meinem Kopf und Herzen. Dafür empfand ich tiefe Dankbarkeit.

Ich schloss die Tür wieder von außen, da ich nicht wollte, dass die Sachen von Domenikas verstorbenem Mann den Rauchgeruch abbekommen. Ich ging zurück zu ihr in die Küche und setzte mich an den Tisch. Ohne dass wir uns sprachlich verstehen konnten, tranken wir weitere Raki und bereiteten die Teigwaren und das Brot vor. Nach einer Stunde, so lange brauchte es, bis die Hühner durch waren, kamen Chang und Steve mit Blasen an den Händen zurück in die Küche. Nun gesellten sich auch die anderen Gäste dazu, ohne dass sie jemand anrief oder ihnen vorab eine Zeit mitgeteilt hätte. Sie schienen zu spüren, dass die Zeit gekommen war. Steve, der anfangs mit fünf Hühnern kalkulierte, betrachtete die zwei für eine Stunde handgegrillten und gedrehten Hühner mit großer Ehrfurcht und nahm sich von ihnen nur ein sehr kleines Stück, das er langsam und genussvoll aß, so als sei es ein Löffel Kaviar. Keiner von uns stellte noch irgendwelche Fragen und Jetmir murmelte leise: „Hier habt ihr das, wonach ihr sucht, die Seele Albaniens."

Nachwort

Was bleibt von allen dem Erlebten und den gewonnenen Erkenntnissen? Doch nicht mehr als nur Erlebtes, ohne daraus ein Fundament für die verbleibenden Jahre des Lebens bauen zu können? Ja, diese Sorge und fast schon Panik erfasste mich, nachdem alles erlebt und erzählt war, und der Alltag schon darauf wartete, vom mir Besitz zu nehmen.

In dem Moment hatte ich keine Antwort darauf, wie oder was nötig wäre, um daraus etwas zu machen und meinem Leben eine neue Richtung zu geben. Es war jedoch keine gänzliche Ohnmacht, da ich den starken Wunsch verspürte, diesen Ort einfach so bald wie möglich noch einmal mit meinen Kindern und meiner Frau zu besuchen, um auch sie an dieser Magie teilhaben zu lassen, wenn ich schon nicht wusste, wie es in meinem Leben weitergehen sollte.

Zurück in Deutschland erlebte ich das hiesige Weihnachtsgeschehen nur noch surrealer.

Tatsächlich schafften wir es, nur vier Monate später mit dem Auto durch Albanien zu reisen und für zwei Nächte bei Domenika zu übernachten. Meinen Kindern hatte ich vorab bewusst wenig von diesem Ort und von Domenika berichtet, in der Hoffnung, dass sie ihre eigene Erfahrung damit machen.

Während der Tage bei Domenika machten wir einen Tagesausflug zu einem nahe gelegenen Bergfluss, der durch einen Wald fließt. Hier, in der Schönheit und Kraft der Natur angekommen, pausierten wir am Fluss. Ich setzte mich auf einen großen Stein am Rand und starrte einfach in das fließende Wasser, während die Kinder die Umgebung zeichneten. Unsere kleine Tochter malte mich nachdenkend nach oben blickend auf dem Stein sitzend, mit Fragezeichen und Bubbles über meinem Kopf, gefolgt von verschiedenen Planeten und den Worten darüber: „*end of us in live?*" Wie schrecklich, dachte ich. Sieht mich so meine Tochter und verschwende ich so viel Zeit mit scheinbar immer noch unlösbaren Gedanken oder Philosophien, bis das Ende vor der Tür steht?

Da fiel mir als Ausweg der Spruch von Sir Philip Anthony Hopkins ein, den unsere ältere Tochter an der Rückseite ihrer Zimmertür hängen hatte:

„Keiner von uns kommt lebend hier raus. Also hört bitte auf, euch als Nebensache zu betrachten. Esst köstliches Essen. Spaziert im Sonnenschein. Springt in den Ozean. Sagt die Wahrheit und tragt eure Herzen auf der Zunge. Seid albern. Seid nett. Seid komisch. Für nichts anderes ist Zeit."

Als bewussten Kontrast zu Domenikas Welt und der Einfachheit Albaniens, übernachteten wir auf der Rückreise in Österreich für eine Nacht in einem sehr feinen Hotel, und aßen dort in einem sehr vornehmen Restaurant mit einem grandiosen Ausblick auf die Berge Österreichs. Es ging mir darum, unseren Kindern beide Welten zu zeigen, ohne sie zu kommentieren, aber bisher gab es nur wenig Kommentare zu dieser Reise. Sie schienen die Reise in Ruhe für sich zu genießen, aber von der Erleuchtung, wie ich sie wahrgenommen hatte, keine Spur. Vielleicht, weil sie einfach unvoreingenommene Kinder waren und noch nicht die Chancen hatten, vom Weg des Menschseins abzukommen, so wie es mir schleichend über die Jahre widerfahren war.

Nach dem Abendessen und als wir gerade aufstehen wollten, fragte mich meine kleinste Tochter, ob wir morgen schon wieder abreisen. Ich dachte, sie sei vielleicht traurig und wäre gern noch einen Tag länger geblieben. Ich fragte daher nach. Sie meinte, dass es ihr hier gefalle, die Leute (sie meinte damit das überaus zuvorkommende und bestens geschulte Personal des Restaurants) sehr nett seien. „Aber viel schöner wäre es, wenn wir morgen wieder abreisen könnten, um wieder zurück nach Albanien zu fahren."

Warum, fragte meine Frau, worauf sie von Herzen kommend antwortete: „Ich möchte wieder echten Menschen begegnen."

Besser hätte sie nicht beschreiben können, wonach wir mit vielen Fragen und Aufwand auf unserer Reise gesucht haben, nach der Seele dieses Landes und dem, was uns alle ausmachen sollte.